HÉSIODE ÉDITIONS

AMÉDÉE ACHARD

Salomé, scènes et souvenirs de la Forêt-noire

Hésiode éditions

© Hésiode éditions.

1 rue Honoré - 93500 Pantin.
ISBN 978-2-493135-14-8
Dépôt légal : Septembre 2022

Impression Books on Demand GmbH

In de Tarpen 42
22848 Norderstedt, Allemagne

Salomé, scènes et souvenirs
de la Forêt-noire

I

Il n'est pas de chasseur du pays de Bade qui ne connaisse la Herrenwiese. Les cerfs et les chevreuils errent en liberté sous l'ombre épaisse des sapins qui l'entourent ; le coq de bruyère y chante au printemps, la gelinotte y bat de l'aile. La plume ne saurait rendre l'aspect de ce plateau, situé au cœur même de la Forêt-Noire, et séparé par d'interminables futaies de la plaine que la charrue féconde et que l'industrie anime ; le pinceau le plus habile serait maladroit à reproduire sur la toile les couleurs changeantes et la désolation de ce paysage, fermé par une ceinture d'arbres sombres et serrés. Qu'on se figure une prairie ovale cachée dans un pli de la montagne ; les profondes colonnades des sapins montent en amphithéâtre tout alentour sans que le regard en puisse percer l'étendue mystérieuse. On dirait qu'un géant a fauché un pan de la forêt pour y faire pénétrer l'air et la lumière ; mais le soleil ni le vent n'en ont pu chasser la tristesse. Les eaux claires d'un ruisseau traversent la prairie ; quelques maisons se groupent autour d'une humble chapelle, qui n'élève pas bien haut son petit clocher. Une auberge est bâtie au bord de la route ; des troupeaux de vaches paissent l'herbe çà et là. On n'entend pas d'autres bruits que le son de la cloche ou le beuglement des animaux qui ruminent ; mais quand la bise souffle, des rumeurs plaintives remplissent le plateau, la forêt désolée gémit, et des murmures s'en élèvent qui prêtent une voix à la solitude pour pleurer. Selon que le ciel est bleu ou que les nuées se déchirent au milieu du feuillage noir, le caractère de ce plateau peut être moins sauvage sans cesser d'être mélancolique. Aux heures où le vent d'hiver agite la forêt d'un premier frisson, où le brouillard qui rampe sur les taillis des jeunes sapins estompe la montagne, la tristesse suinte du sol, descend des profondeurs du bois, monte de la vallée, passe avec le son, et la Herrenwiese tout entière, cachée dans les nuages, glacée par un froid sinistre, communique à l'âme l'impression morne d'un tombeau. Et cependant, si on l'a visitée, soit au printemps, quand mille fleurs pressées de s'épanouir étoilent l'herbe des prés, soit en automne, quand la feuille tombe et court parmi les sentiers, on ne peut s'empêcher de l'aimer, d'y penser souvent, et de revoir en esprit les lignes sévères de la montagne qui l'enserre et les croupes sombres de la forêt qui profile sur le ciel gris les flèches dentelées du mélèze et du sapin.

Lorsque le voyageur a tourné l'angle de la route escarpée qui de Bühl conduit à la Herrenwiese, il a devant lui toute l'étendue du plateau, les modestes chalets à toits de planches groupés autour de l'auberge, le ruisseau limpide qu'enjambent de légers ponts, les petits jardins où poussent quelques légumes entre des haies vives, deux ou trois métairies perdues sur la lisière des grands bois. C'est à peine si quelques figures humaines animent le silence et l'immobilité du paysage : une bergère qui tricote garde deux ou trois vaches ; une pauvre femme, armée de la pioche ou du râteau, cultive un petit coin de terre ; un montagnard pousse devant lui des bœufs qui traînent un chariot tout chargé de jeunes troncs fraîchement coupés. Si un coup de fusil éclate, de longs échos répercutent le son, qui roule et se prolonge dans la montagne. Le ciel est bas ; des vapeurs glissent sur les crêtes de la forêt et voilent l'horizon. Tout au fond du plateau, à l'autre extrémité de la Herrenwiese, s'ouvre une vallée qui conduit à Forbach : on dirait un coin des Alpes perdu dans la Forêt-Noire.

À l'époque où commence ce récit, vers la fin du mois de janvier 184., à la tombée de la nuit, cinq personnes étaient réunies dans la maison du garde à qui appartient le gouvernement des chasses de la Herrenwiese. Une lampe de cuivre à deux branches, suspendue au plafond, éclairait la pièce du rez-de-chaussée, qui servait tout à la fois de salon et de salle à manger à la famille. Cette pièce était vaste, propre, un peu basse, garnie de bancs qui en faisaient le tour, d'une large table bien luisante placée au milieu avec une demi-douzaine d'escabeaux poussés dessous, d'un gros poêle de fonte qui ronflait dans un coin, et dont les énormes tuyaux contournés rappelaient vaguement la trompe formidable d'un éléphant. Les cloisons, le plafond, le plancher, les meubles, tout était en bois de sapin bien poli ; nulle part un grain de poussière. Un râtelier solide, cloué contre le mur principal, supportait deux ou trois fusils de divers calibres, des poires à poudre, des sacs à plomb, des bonnets fourrés, et quelques-uns de ces manchons en peau de renard que les chasseurs portent au temps des battues. Un grand coucou, dont le pendule grinçait bruyamment, sonnait les heures tout auprès ; chaque fois que l'aiguille annonçait une sonnerie nouvelle, l'oiseau mélancolique chantait. On aurait vainement cherché dans les angles de cette pièce ; chaude et tranquille, ces petites statues de la Vierge que la foi catholique des montagnards couronne de fleurs ; point de christ non plus et point d'images de saints, mais en place quelques vieilles gravures représentant des épisodes de chasse et un assez beau portrait de Calvin dans un cadre de bois noir. Tout au bas, une main inconnue avait tracé de l'écriture large et ferme du xviie siècle cette date : 10 Juillet 1509, et plus bas ces mots : Que la lumière soit, et la lumière fut. À côté du chef le plus sévère de la réforme, un second portrait à la mine de plomb, crayonné d'une manière large et à grands traits, représentait un vieillard dont la physionomie était empreinte d'un caractère singulier d'énergie et de sombre exaltation. On lisait au-dessous, mais d'une autre écriture, la date du 17 octobre 1685, placée en vedette au-dessus de ce verset de la Genèse : Je suis le Seigneur, votre Dieu, qui vous ai tirés de l'Égypte, de la maison de servitude. L'encre avait un peu pâli. Non loin de ces portraits, dans un coin, se dressait un vieux piano carré à pieds droits, accompagné de quelques cahiers de musique dans leur casier. Des pots de bruyère et de géranium ornaient l'appui des fenêtres. Un beau chien de la race des épagneuls, à la robe noire, dormait auprès du poêle ; au-dessus chantait une bouilloire pleine d'eau. La pluie fouettait par rafales les volets fermés ; on entendait le pétillement des gouttes d'eau contre les ais de sapin, et à intervalles inégaux les sifflemens de la bise, qui secouait la robuste maison. Par une porte intérieure, à demi ouverte, on apercevait une servante en train de frotter vigoureusement la vaisselle d'étain et de faïence sur le bord fraîchement lavé d'un fourneau chargé d'ustensiles de cuivre. Elle fredonnait à voix basse pour accompagner son travail. Dans la grande pièce, aucun bruit, pas une parole, pas un son, si ce n'est le murmure intermittent d'un rouet dont une fileuse faisait tourner la manivelle.

Parmi les cinq personnes qu'on voyait là, quatre avaient entre elles un air de famille, la cinquième paraissait étrangère ; c'était un jeune homme qui portait un costume de chasse, gilet, veste et pantalon de velours marron à côtes, avec des bottes de cuir de Russie serrées autour du jarret. Assis devant la grande table, la tête nue, il écrivait ; la plume s'arrêtait souvent, et souvent aussi il regardait le petit groupe, qui semblait absorbé tout entier par des occupations diverses. Ce chasseur pouvait avoir une trentaine d'années ; il avait le visage pâle, sérieux et doux, les yeux bleus, des cheveux abondans, bruns et soyeux, les traits fins, la physionomie rêveuse, et, comme contraste, une longue balafre blanche qui traversait le front et expirait sur la joue. On pouvait croire également que c'était un professeur de l'université de Heidelberg en train de faire une excursion scientifique, ou quelque jeune officier de la garnison de Rastadt heureux d'égayer par la chasse les loisirs d'un congé. Quand les yeux du jeune homme avaient fait le tour de la chambre, ils s'arrêtaient plus longtemps, et avec une complaisance rêveuse, sur le profil d'une jeune fille qui lisait à l'autre bout de la table. Il n'en détachait plus son regard sans un effort, et sa main paraissait ensuite plus lente à écrire. La jeune fille, objet de cette attention, n'avait pas plus de dix-huit ou dix-neuf ans ; deux épais bandeaux de cheveux blonds, semblables à des fils de soie couleur d'or, encadraient un front pur, placide et légèrement bombé ; un petit réseau de veines bleues courait sur les tempes. Ses paupières, abaissées et frangées de longs cils, projetaient une ombre ténue sur la blancheur mate de ses joues. Aucune émotion ne paraissait sur son visage, et jamais elle n'était distraite de sa lecture ; cependant sa respiration semblait oppressée, et sa poitrine se soulevait par mouvemens irréguliers et profonds. Tout en elle avait une apparence frêle et délicate ; le corsage étroitement serré par un fichu de mousseline, sa taille plate, ses bras souples, dont l'un soutenait sa tête pensive par une courbe harmonieuse, ses mains brunies par le hâle, mais d'une forme charmante, son cou mince et rond, l'expression sérieuse de sa bouche, faisaient songer à ces vierges qui ensevelissent leur jeunesse dans les ombres d'un cloître et semblent regretter une patrie inconnue. Auprès d'elle, un petit garçon dessinait des maisonnettes et des bonshommes sur une feuille de papier blanc. Il était bravement accroupi sur sa chaise, et ne manquait pas d'exposer son œuvre à la lumière après chaque.coup de crayon. À l'air de son visage, on devinait que cet artiste de dix ans donnait une pleine approbation à ce qu'il faisait. Plus loin, à-côté du poêle, un homme a cheveux grisonnans, vigoureux, sec et de taille moyenne, assis entre un baquet plein d'eau et une tasse au fond de laquelle il y avait quelques gouttes d'huile, fourbissait le canon d'un fusil à deux coups, dont la crosse et la batterie, garnies de cuivre, venaient d'être nettoyées et polies à fond. On reconnaissait en lui le chef de la famille ; il portait le vêtement des gardes de la Forêt-Noire, la grande casaque de drap gris, à paremens et à collet droit de couleur verte ; son chapeau de feutre, également vert, orné d'un large ruban de soie et d'une cocarde en plumes de coq de bruyère, reposait à ses pieds, chaussés de grandes bottes en cuir noir qui montaient jusqu'au milieu des cuisses. À portée de sa main, appuyée contre la cloison, on voyait cette hachette à long manche avec laquelle les forestiers allemands entaillent les arbres propres à être abattus. Quand par hasard le garde relevait la tête, on apercevait un visage maigre, austère, auquel le sourire semblait étranger, et dont les yeux noirs, profondément enchâssés sous des sourcils touffus et mobiles, rappelaient, par leur éclat et leur vivacité, ceux des oiseaux de proie. Ce visage cependant n'effrayait pas ; malgré la rigidité des traits et le feu du regard, on y lisait la franchise, la droiture et la bonté, unies à l'expression d'une énergie sans égale. Après l'avoir examiné un instant, on ne pouvait s'empêcher de jeter les yeux sur le portrait à la mine de plomb suspendu au mur. Entre le vieillard que représentait ce portrait et l'homme qui lavait son fusil, il y avait une analogie qui saisissait tout d'abord. En face du père de famille, une femme âgée, vêtue de noir, filait lentement. De temps en temps, elle regardait le petit garçon qui dessinait et lui souriait à la dérobée. Au premier coup d'œil jeté dans cette vaste pièce et sur les personnes qui l'habitaient, il était facile de reconnaître qu'on avait mis le pied dans l'intérieur austère d'une famille protestante.

Après qu'il eut achevé de fourbir son arme de prédilection et rajusté le canon dans le bois de la crosse, Jacob Royal mit à sa place, dans le râtelier, le fusil oint légèrement d'une dernière couche d'huile, se rapprocha de la table, prit un gros livre à fermoirs d'argent, et, tirant un escabeau, s'assit dans le voisinage de la lampe à deux branches. – Celui qui n'a pas soin de son arme, dit-il, est semblable à un homme qui ne donnerait à son serviteur ni le pain ni le sel ; quand vient le jour de la mauvaise fortune, le serviteur abandonne la maison, et l'homme périt.

Personne ne répondit ; le petit dessinateur suspendit un instant la marche de son crayon, la plume du jeune chasseur cria sur le papier, et Jacob, ayant ouvert son grand livre, lut silencieusement, ses deux mains étendues sur la table. Le chasseur ne regarda plus la jeune fille. Le silence, déjà profond, devint plus profond encore.

Bientôt après le coucou chanta dix fois. Jacob ferma son livre. – L'heure du repos est venue, dit-il ; la nuit a été donnée à l'homme pour qu'il fût délassé de ses fatigues ; retirez-vous, mes enfans. Toi, Salomé, va voir dans la cuisine, à l'étable et dans l'écurie, si tout' est en ordre et si les animaux ne manquent de rien. Le Seigneur nous les a donnés, mais il faut être bon pour eux.

La jeune fille, qui lisait, se leva et sortit, tandis que son frère serrait dans une boîte son crayon et son papier avec la docilité muette d'un enfant qui pratique, sans la connaître, la sentence des serviteurs arabes : « Entendre, c'est obéir. »

– Et toi, Rodolphe, poursuivit Jacob en s'adressant au chasseur, cesse d'écrire ; après cette longue journée de chasse, tu dois avoir besoin de sommeil. Quiconque a vécu en paix dormira en paix, et son réveil sera semblable à la fraîche lueur du matin.

Salomé rentra, et, secouant les gouttes de pluie qui argentaient sa mante et ses cheveux, s'arrêta debout devant son père. – Tout est bien, et les animaux reposent, dit-elle d'une voix lente et grave qui avait la sonorité d'une cloche d'argent.

– À présent prions, mes enfans, reprit Jacob.

Toute la famille joignit les mains, la fileuse à la droite de Jacob, Salomé et Zacharie à sa gauche. Le chasseur inclinait sa tête de l'autre côté de la table. Le garde leva les yeux au ciel. – Toi qui as tiré les Hébreux des mains des Égyptiens et rendu semblables aux agneaux les lions qui menaçaient Daniel, protége-nous. Tu vois le fond de nos cœurs et tu lis dans nos âmes. Inspire-nous, Seigneur, la sainte résolution de marcher dans ta voie, et que ta miséricorde s'étende sur cette maison !

Après que sa main se fut abaissée sur les fronts penchés de Salomé, de Zacharie et de la fileuse, Jacob se tourna vers le chasseur : – Tu n'es pas de notre communion, ajouta-t-il ; mais celui qui rend aux enfans l'iniquité des pères jusqu'à la troisième et quatrième génération connaît entre tous les hommes de bonne volonté et les bénit. Adieu, mon fils, jusqu'à demain !

Salomé, qui s'était levée, approcha son front des lèvres de son père ; il l'embrassa, ainsi que Zacharie, qui fermait à demi les yeux, et se retira. La fileuse prit l'enfant par la main et ouvrit une porte voisine. Au moment où Salomé allait poser le pied sur l'escalier qui conduisait à l'étage supérieur, le chasseur l'arrêta par le pan de sa robe. – Ne me direz-vous rien, Salomé ? Vous ne m'avez pas encore parlé, et j'ai vécu loin de vous tout aujourd'hui, dit-il.

Salomé se retourna. Elle tenait à la main un petit flambeau qui l'éclairait tout entière. Elle était très pâle, et ses lèvres semblaient agitées d'un mouvement nerveux. – Que le Seigneur méjuge, si je fais mal ! dit-elle avec effort, mais mon cœur n'est pas de pierre. Voilà ma main… Dormez, Rodolphe, dormez tranquille, si une bonne parole peut rendre la paix à vos nuits.

Un éclair de joie illumina le visage du chasseur ; il s'empara de la main qu'on lui tendait et la porta à ses lèvres. Salomé la retira vivement, et monta l'escalier de bois, qui craquait sous ses pas tremblans. Un instant la lumière de sa lampe en éclaira l'obscurité, puis tout disparut, et l'on entendit dans le silence de la maison le bruit d'une porte qu'on fermait.

– Ah ! dit le chasseur, pourquoi l'ai-je vue et pourquoi faut-il que je l'aime ?

Comme il se retournait, il aperçut sur la table le livre que dans son trouble Salomé avait oublié d'emporter. Il l'ouvrit et dessina avec une plume sur le feuillet marqué par un signet un R et un S entrelacés. – Si quelque jour nous sommes séparés, murmura-t-il, ces deux lettres, éternellement unies, lui rappelleront quelqu'un qui loin d'elle la pleure et s'en souvient !

II

Jacob Royal était depuis vingt ans garde des forêts domaniales de la couronne grand-ducale de Bade à la Herrenwiese ; il avait succédé à son père. Il avait alors une cinquantaine d'années à peu près. Sa famille se composait, on lésait, de trois personnes : sa sœur Ruth, qui était son aînée et qui portait depuis sa lointaine jeunesse le deuil de son fiancé mort à Leipzig, Salomé et Zacharie. Jacob avait déjà perdu deux enfans et sa femme, qu'il avait tendrement aimée, et qu'il n'avait pas voulu remplacer. Tous les événemens qui avaient laissé leurs traces dans sa vie, il les avait inscrits sur les marges d'une grosse bible in-folio qui était dans la famille depuis une longue suite d'années. D'autres marges étaient depuis longtemps noircies et l'avaient été par des mains que la mort avait glacées tour à tour. Lorsque Jacob feuilletait le soir ce lourd et respectable volume qui devait être un jour remis à Zacharie, il y trouvait de page en page les annales de sa famille, les dates des naissances, des mariages, des décès, et en outre celles de certains faits considérables dont les victimes avaient voulu que la mémoire fût conservée. Des sentences religieuses, des emprunts faits à la Bible, des prières énergiques et courtes, un mot, un cri où l'on sentait parfois tout le déchirement d'une âme, accompagnaient ces dates et en traduisaient le sens. C'était comme un écho des souffrances et des épreuves du passé. Dans les heures d'angoisse, le cœur fort de Jacob se retrempait dans cette lecture ; il en sortait raffermi et résigné.

La famille de Jacob Royal était, comme son nom l'indique, d'origine française. Elle avait quitté le Haut-Languedoc à l'époque de la révocation de l'édit de Nantes, et réussi, après maintes aventures et non sans laisser aux mains des dragons de M. de Baville la totalité de ses biens et quelques-uns de ses membres, à gagner l'Allemagne, où elle avait trouvé la liberté d'adorer Dieu selon sa foi. Comme un vol d'oiseaux voyageurs longtemps battus par l'orage s'arrête sur le premier rivage qu'il rencontre, ainsi cette famille d'exilés prit racine sur les bords du Rhin, et, lasse de sa course ensanglantée, ne chercha pas un autre refuge. Ces premiers fugitifs, privés de tout, vêtus de quelques lambeaux d'étoffe, tendirent leurs mains vers le ciel sur la terre de délivrance, et, armés de ce courage qu'avaient eu leurs frères les puritains dans les forêts de l'Amérique, ils demandèrent au travail les ressources qu'ils avaient perdues. La première fois qu'ils s'assirent autour d'une table grossière qu'ils avaient façonnée, sous un humble toit qu'ils avaient bâti, et qu'ils mangèrent, réunis sous la main de l'aïeul, un pain honnêtement gagné, ils remercièrent le Seigneur et entonnèrent un hymne d'actions de grâces dans la langue de la patrie perdue. Ils continuèrent comme ils avaient commencé, obéissant de père en fils à cette tradition de constance et de résolution qu'ils avaient reçue au berceau ; mais endurcis par les fatigues, les périls et les épreuves de toutes sortes qu'une longue adversité avait fait passer sur tous ceux de leur nom, ils revêtirent leur foi d'un caractère d'austérité et de rigorisme qui les rendit semblables à ces sombres puritains qui combattaient les cavaliers du roi Charles la Bible d'une main et l'épée de l'autre. Au milieu d'un peuple et d'une civilisation qui changeaient, ils ne changèrent pas. Tels ils arrivèrent à Kehl en 1686, tels on les retrouvait à la Herrenwiese en 184. Jamais un Royal n'avait mêlé son sang au sang d'un catholique, si ce n'est sur les champs de bataille. Les fils des proscrits et leurs filles s'allièrent entre eux, puis s'allièrent aux familles protestantes du pays ; ils s'habituèrent à parler allemand sans oublier la langue maternelle, qui, dans la bouche des descendans, avait conservé des formes anciennes et des tours solennels qui étonnaient l'étranger. Ils apprenaient le français dans la vieille bible emportée par l'aïeul. C'est alors que cette habitude qu'ils avaient contractée d'emprunter à l'Ancien Testament les noms qu'on donne aux nouveau-nés s'enracina dans la famille. C'était comme un souvenir des proscriptions qu'ils subissaient après le peuple de Dieu et un hommage rendu au livre saint auquel les calvinistes demandent chaque jour des consolations et des enseignemens. Cette gravité qui naît du malheur et ce besoin de solitude qu'éprouvent les cœurs blessés les avaient poussés loin des grands centres d'habitation, vers les montagnes, et dès la seconde génération le Schwartzwald était devenu une nouvelle patrie pour cette tribu d'exilés. Parmi les descendans de David Royal, ceux-là devinrent forestiers, ceux-ci fabricans d'horloges : tous vécurent humblement, mais probes et gardant intact, dans des cœurs qui semblaient faits d'un morceau de chêne, l'héritage d'honneur et de loyauté qu'ils avaient reçu de leur père ; toutefois, comme si l'air et le soleil du pays natal eussent manqué à leur poitrine, ils ne multiplièrent pas ainsi que les fils d'Israël, et leur nombre lentement diminua plus qu'il ne s'accrut. En 184., Jacob était le chef de la famille ; lui seul portait le nom de Royal dans la Forêt-Noire, et après lui Zacharie seul devait en être le représentant.

Quand le père de Jacob avait été nommé à l'emploi de garde-forêt, dans la pensée que la Herrenwiese serait éternellement l'asile de sa famille, cette terre de Chanaan que poursuivent les proscrits et qu'ils trouvent si rarement, il s'était plu à embellir la maison qu'il avait achetée du fruit de ses laborieuses économies et à l'agrandir pour qu'elle fût commode à ses enfans et aux enfans de ses enfans. De là ces communs amples et bien distribués, ces étables, ce chenil, ce jardin, ce potager qui l'entouraient ; de là ces curiosités qui trompent les longues heures de l'isolement, ce petit ruisseau qui s'arrondit et baigne une île faite d'un peu de terre et de quelques racines entre lesquelles niche le canard, ces prairies et ces taillis larges de six coudées où joue et court une paire de faisans apprivoisés, cette colline tapissée de bruyère qu'un écolier franchirait d'un élan et qui sert de retraite à toute une tribu de lapins que des bassets à robes noires et à jambes torses poursuivent en jappant, ce sapin mort sur lequel perche un milan fauve étonné de son oisiveté, cette forêt enfermée entre quatre planches où bondissent deux chevreuils dont les têtes fines et sauvages regardent le voyageur par-dessus les jeunes pousses, ce lac qui tiendrait dans un boudoir et qu'anime le vif frétillement des truites. Jacob, et après Jacob Salomé et Zacharie avaient grandi dans cette enclave qui les avait amusés tout petits, et à laquelle, plus grands, ils tenaient par mille souvenirs. Si leur domaine n'était pas grand, ils avaient la prairie, le torrent, et plus loin les profondeurs sans bornes de la forêt. Quels ravins ne connaissaient-ils pas, dans quelle source n'avaient-ils pas étanché leur soif, quelles pentes n'avaient-ils pas gravies ! De la Hornisgrinde au Wildersee, il n'était pas de coin sombre qu'ils n'eussent exploré.

Dans la semaine, les soins du ménage occupaient les femmes ; le temps des hommes appartenait à la forêt : ils en surveillaient les coupes, marquaient les arbres et chassaient. De lentes épargnes amassées d'année en année avaient grossi le petit avoir de la famille. À dix-huit ans, et dans ces contrées pauvres, Salomé, qui avait six arpens de bonnes terres et 3,000 florins de dot, passait pour un riche parti. Elle n'avait point encore fait de choix. Jamais on ne la voyait aux danses qui réunissent la jeunesse du pays dans l'auberge. Le dimanche, elle priait en famille. Personne ne filait mieux qu'elle et ne préparait de meilleure toile. Elle était active, vigilante et douce. Si quelque bûcheron ou quelque ouvrier des carrières se blessait en travaillant, elle était la première à porter la charpie et le linge nécessaires au pansement, la plus prompte et la plus adroite à le soigner. Il y avait toujours dans la maison, grâce à elle, un gros morceau de pain, une tranche de jambon et quelque menue monnaie pour l'étudiant qui passe faisant le tour de la Forêt-Noire, ou le pauvre qui tend la main. On l'aimait dans tout le canton, on lui reprochait seulement de ne jamais rire. Salomé faisait tout silencieusement, son travail de chaque jour et le bien. On savait qu'elle regrettait sa mère et une petite sœur morte entre ses bras ; on ne savait pas si elle désirait quelque chose. L'ouvrage terminé, quand le temps le permettait, Salomé avait coutume chaque jour de se promener dans la montagne. Elle en connaissait tous les sentiers, mais elle avait des coins de prédilection vers lesquels elle dirigeait presque toujours ses pas. Souvent elle avait un livre à la main. On la voyait, à travers les arbres, passer lentement, recueillie dans une pensée intérieure qui jetait de nouvelles ombres sur son front. Les étrangers, les touristes se retournaient pour la regarder, saisis d'un sentiment où la surprise se mêlait au respect ; les jeunes gens de l'endroit la saluaient sans s'arrêter. Salomé restait de longues heures assise au pied d'un arbre dans les bruyères, sur des hauteurs d'où sa vue perçait l'horizon, ou blottie à l'ombre d'un rocher, dans un ravin, attentive et les mains sur les genoux. Quelquefois elle lisait, et le passage d'un troupeau de bœufs ne l'aurait pas tirée de sa lecture ; quelquefois elle avait les yeux perdus dans un brin d'herbe, et rien avant le soir ne l'arrachait à sa rêverie. Alors elle rentrait au logis plus pâle encore malgré la marche et le grand air, mais sereine et prête à tous les humbles devoirs d'une ménagère. Les enfans l'aimaient et seuls osaient l'aborder.

Comment Rodolphe, qui n'appartenait pas à la famille et n'était pas du pays, avait-il pénétré dans cet intérieur sévère et l'y voyait-on déjà depuis quelques semaines ? C'est ce qu'un hasard avait voulu.

Jacob ne le connaissait pas, Salomé ne l'avait jamais vu. Un jour que Rodolphe chassait dans la Forêt-Noire, le brouillard l'avait surpris ; au milieu de ces masses épaisses de vapeur que le vent roulait au travers de la montagne, il n'avait pas tardé à perdre son chemin. Le soir était venu ; la fatigue commençait à se faire sentir, quand il s'arrêtait, le froid le saisissait. Chaque pas lui faisait rencontrer de nouveaux sapins. Il savait qu'il n'y a point d'hôtes dangereux à redouter dans la forêt ; mais la perspective d'une nuit à passer dans cette humidité glaciale ne laissait pas de l'inquiéter. Comme il désespérait d'atteindre une habitation et cherchait déjà l'abri d'un rocher sous lequel il pût s'étendre, il entendit un bruit de pas sur les cailloux. Rodolphe appela. Une voix lui répondit, et un homme précédé d'un chien s'approcha de lui à grandes enjambées : c'était Jacob, qui regagnait la Herrenwiese après une tournée dans les bois. La présence du garde, sa parole ferme, l'espoir d'un gîte prochain, tout rendit au chasseur la force qui lui manquait. Il suivit résolument son guide. Si sombre qu'elle fût, la forêt n'avait pas de mystères pour Jacob. Un arbre d'une forme particulière, une pierre, un pan de mousse, un ruisseau, une croix, un vieux tronc renversé, étaient autant de signes auxquels Jacob reconnaissait l'étroit sentier couvert des ombres du brouillard. Le chien, qui répondait au nom d'Hector, marchait devant eux, bondissant sur les pistes, disparaissant sous le couvert impénétrable des sapins et reparaissant tout à coup joyeux, agile et la queue au vent. Au bout d'une heure, on entendit au fond de la brume errante le son d'une cloche ; bientôt après, une lumière rougeâtre, élargie par la vapeur qui ondulait sur le plateau, perça la nuit. – Nous y voici, dit Jacob. Quelques pas encore les amenèrent devant la porte d'une vaste maison qui s'était ouverte aux aboiemens d'Hector. Une jeune fille était sur le seuil, tenant une lampe de la main gauche, et de l'autre couvrant son front pour mieux voir dans l'obscurité. Elle était petite, immobile et grave, avec quelque chose en elle d'harmonieusement triste, intelligent et doux qu'on n'est pas accoutumé à voir parmi les filles de la campagne. Entrevue à cette clarté douteuse, elle semblait jolie. Examinée à loisir et en pleine lumière, elle était mieux que cela. Les traits du visage étaient fins, l'expression surtout en était remarquable. Elle avait le regard droit, ferme et clair. Jamais bouche plus sérieuse ne fut plus aimable. Il sembla à Rodolphe qu'il avait déjà vu cette figure jeune et calme. Son souvenir ne lui en disait pas davantage. Comme il la regardait, Salomé se rangea pour lui laisser le passage libre, et la voix mâle du garde lui dit d'entrer.

– Tu es chez Jacob Royal, reprit son guide, et, lui montrant un siège près du poêle, il l'invita à s'asseoir.

Il se trouva justement que Rodolphe avait dans sa poche une lettre que le grand-veneur de la cour de Bade lui avait donnée pour le forestier de la Herrenwiese, où il avait l'intention de passer deux ou trois jours à chasser le cerf. Il la tira de son portefeuille et la présenta à Jacob, qui se leva pour la recevoir et la lut tête nue. – Tu étais mon hôte, à présent tu es chez toi, reprit-il.

Un moment après, on vint les prévenir que le souper les attendait, et Rodolphe s'assit à table à la place d'honneur, à côté de Jacob et en face de Salomé.

Pendant la nuit, il eut un accès de fièvre causé par la fatigue et le refroidissement. Un peu de délire le prit au matin. Quand il revint à lui, son premier regard rencontra celui de Salomé, qui, debout au pied du lit, préparait un breuvage. Il lui sembla qu'elle avait les yeux humides. – Tenez, lui dit-elle, voilà que la fièvre vous quitte, ce ne sera rien. – Il prit la tasse et but sans la perdre des yeux. Elle ne baissa pas les siens. Il éprouvait un sentiment de bien-être délicieux, et en même temps la profonde lassitude d'un homme qui aurait fait cent lieues. La chambre dans laquelle il se trouvait était blanche et gaie à l'œil ; par la fenêtre, dont on avait écarté les rideaux, on voyait la forêt éclairée par un vif rayon de soleil. La lumière, qui entrait en gerbe et frappait le lit, enveloppait Salomé d'un nimbe d'or. Les parfums de la bruyère et du genêt flottaient dans l'air. Rodolphe chercha encore dans sa mémoire en quel lieu et dans quelle circonstance il avait vu cette tête blonde, attentive à veiller sur son sommeil ; il ne trouva rien, et ferma les yeux pour mieux savourer son repos. Jamais il n'avait été plus heureux. Vers midi, Jacob entra et lui prit la main. – La fièvre s'en est allée, lève-toi et viens respirer le grand air, dit le garde.

Le soir, au souper, Rodolphe reprit la place qu'il avait occupée une fois. Sa serviette, passée dans un rouleau de bois de sapin enjolivé de sculptures, était devant lui ; depuis la veille, il était de la maison. Les effets qu'il avait laissés à Bühl arrivèrent dans la journée, apportés par un roulier ; Jacob les prit à l'auberge où on les avait déposés, et Rodolphe les trouva dans sa chambre en y rentrant.

Le lendemain au petit jour, Jacob se présenta devant son hôte, et le pria de l'excuser s'il ne le menait pas à la chasse. – Une famille de nos frères quitte la montagne, et va chercher au loin une terre où des fruits plus abondans récompensent le travail ; nous qui restons, nous leur disons adieu, et leur offrons l'hospitalité du dernier repas.

Rodolphe suivit le garde. Toute la population de la Herrenwiese était réunie sur le plateau ; ceux qui étaient en retard arrivaient à grands pas, on les voyait sortir des massifs de la forêt, et tous se hâtaient pour serrer encore une fois la main des émigrans. Devant la porte de l'auberge et sur la route, un grand nombre de chariots tout attelés attendaient l'heure du départ ; des mains prévoyantes avaient étalé sur le gazon une provende que les pacifiques animaux se partageaient ; des femmes, des enfans, groupés autour des voitures, échangeaient quelques paroles rares avec leurs voisins. Dans ce jour solennel, les hommes avaient revêtu leurs habits de fête, la longue redingote noire à doublure de laine blanche, le gilet rouge, de grandes bottes, le bonnet fourré ou le chapeau de feutre à cornes ; les femmes portaient sur la tête la coiffe aux larges ailes de soie noire rehaussées de broderies d'or. On couvrait de mets fumans et de brocs les tables de l'auberge. Quelques jeunes filles s'essuyaient les yeux furtivement. Des fiancés, qui allaient être séparés pour un long temps, s'embrassaient à l'écart, attendris, mais certains de ne pas manquer à leur foi,

Dans ces pays d'où un courant d'émigration constante fait sortir chaque année des tribus entières de pionniers, ces spectacles touchans ne sont pas rares. Ils se renouvellent fréquemment au printemps et en automne. Le recueillement est peint sur tous les visages : on n'est pas triste, on est grave. Les amis se séparent ; on va chercher au loin des campagnes inconnues, et bien des yeux consultent l'horizon, comme si l'on voulait y découvrir le secret de la vie nouvelle vers laquelle courent de hardis explorateurs. Les reverra-t-on jamais ? L'expérience enseigne à ceux qui restent que la plupart de ceux qui partent ne reviennent pas. Un jour les suivra-t-on ? une meilleure fortune attend-elle sur ces rivages lointains les frères qui s'éloignent ? Rodolphe, pénétré d'une singulière émotion, allait et venait au milieu des groupes ; les visages les plus ingénus exprimaient une mâle résolution ; nul abattement, mais la volonté de bien faire. Jacob se promenait sur la route avec les chefs de famille ; il causait gravement. Salomé le suivait, les bras passés autour de la taille de deux de ses jeunes compagnes, auxquelles elle venait de distribuer de légers souvenirs. Le garde se rapprocha de son hôte. – Nous ne sommes tous ici-bas que des voyageurs, dit-il ; un jour on plante sa tente, le lendemain il faut ceindre ses reins et partir. J'ai fermé les yeux de mon père dans cette maison, mais qui peut savoir si le matin n'est pas proche où je devrai, comme l'ont fait mes aïeux, marcher sur le chemin de l'exil ? Si telle est la volonté de Dieu, ce jour-là je prendrai le bâton d'une main ferme, et, me levant, je dirai : Seigneur, ton serviteur est prêt !

Cependant on apportait aux émigrans les humbles tributs de l'amitié : l'un donnait un sac de blé, l'autre le soc d'une charrue, celui-là une pièce de toile, celle-ci une petite corbeille pleine de fil, d'aiguilles, de bobines et de ciseaux. Le nécessaire venait en aide au nécessaire, c'était la dîme du souvenir. Les voyageurs recevaient d'une main tranquille et serraient ces offrandes sur leurs chariots. On se mit à table et on mangea en commun ; puis, quand on eut vidé le dernier verre, avant que le soleil eut quitté l'horizon, les émigrans se levèrent. Les enfans furent assis dans les voitures, et le cortège se mit en route, précédé par les anciens du pays et suivi par toute la population, qui s'efforçait de rester calme. Quand on fut arrivé sur la première pente des montagnes, à cet endroit où la plaine apparaît au loin coupée par la ligne éclatante du Rhin, semblable à une bande d'argent, on se sépara. – Que Dieu vous donne un bon voyage ! cria-t-on aux émigrans. Ceux-ci agitèrent leurs chapeaux. Quelques femmes et de pauvres filles cachèrent leurs têtes dans leurs tabliers pour qu'on ne vit pas leurs larmes, et les montagnards regagnèrent leurs forêts.

C'était la première fois que Rodolphe assistait à une scène semblable. Des mœurs nouvelles, des mœurs austères se révélaient à lui. Ce qui l'étonnait le plus, c'était encore cette famille de protestans, cette famille d'exilés perdue au fond de la Forêt-Noire, et telle dans l'immuable ténacité de ses convictions et de ses habitudes qu'un bloc de granit oublié par la mer au milieu des sables agités sans cesse par le flux et le reflux. Le temps n'avait pas mordu sur elle depuis l'époque lointaine où elle priait dans les Cévennes. La nouveauté de ces grands spectacles qui avaient pour cadre une nature forte à laquelle la main de l'homme semblait n'avoir pas touché, l'antique simplicité de ces mœurs primitives, la présence d'une jeune fille dont le modèle ne lui était pas encore apparu, tout intéressait le jeune voyageur au plus haut degré. Ce n'était plus une question d'archéologie, un point de science obscur, une étude d'art, c'était le cœur même de l'homme qu'il découvrait sous un aspect nouveau, c'était surtout, au milieu d'une solitude sauvage, la grâce sobre et chaste d'une femme dans tout l'attrait mystérieux d'une beauté virginale qu'il avait entrevue autrefois. Rodolphe ne devait passer que trois jours à la Herrenwiese ; il y était encore au bout de deux mois. Il savait alors où il avait rencontré le visage de Salomé.

Rodolphe était Lorrain. Sa famille, qui habitait une petite ville de l'ancienne province des Trois-Évêchés, se composait d'une mère âgée et d'une sœur veuve qui avaient concentré toutes leurs affections sur lui. Il avait eu dès l'enfance l'humeur vagabonde. Dans la maison de campagne où il passait à cette époque la belle saison, il se perdait chaque jour au fond des bois ; point de mésaventure qui pût le contraindre le lendemain à rester au logis. À sa majorité et après de solides études, il avait fait voir qu'il était propre à tout, ce qui était peut-être cause qu'il n'avait jamais pu s'astreindre à un travail régulier. Il avait beaucoup voyagé, et à trente ans, lorsqu'un hasard le conduisit à la Herrenwiese, il avait parcouru, sans suite, mais avec bonheur, le cercle entier des connaissances humaines, un jour s'adonnant à la botanique, le jour suivant à la conchyliologie et bientôt après à l'étude des langues mortes, sans négliger toutefois la philosophie et la numismatique. Sa soif de science n'était tempérée que par une inclination naturelle très forte à la rêverie, à laquelle se mêlait un goût singulier pour la chasse. Comment s'arrangeait-il pour satisfaire toutes ces passions également impétueuses ? C'est ce qu'il aurait été fort en peine d'expliquer luimême ; toujours est-il que son cœur était comme une hôtellerie où elles vivaient en paix, sûres qu'elles étaient que leur maître ou leur esclave n'en trahirait jamais une seule au profit des autres. Rodolphe avait hérité de son père une petite fortune que ses amis estimaient à huit ou dix mille francs de rente. On ne sait pas ce qu'il pouvait entreprendre et mener à bonne fin avec ce patrimoine : études et voyages, chasses lointaines et longs travaux, rien ne l'embarrassait. Il avait été tuer des daims au Canada et déchiffrer des inscriptions à Balbek. À Paris, il vivait comme un cénobite, faisant les plus longues courses à pied et entassant pêle-mêle des livres et des curiosités rapportées de tous pays dans un petit appartement de la rue de Courcelles, où il passait de longues heures à lire et à fumer. C'était un nid où il aimait à s'abattre après des voyages qui n'avaient pas d'autres règles que sa fantaisie et d'autres limites que sa fatigue. Il arrivait quelquefois à Rome après être parti pour Moscou, et s'en allait par contre à Bagdad après s'être mis en route un matin pour Venise ; mais son humeur accommodante et la promptitude, le zèle, le plaisir et la bonne grâce qu'il apportait à rendre service aux personnes auxquelles il pouvait être utile, le faisaient aimer de toutes celles qui le connaissaient. Il aurait fait mille lieues pour obliger un ami. Ajoutez à cet ensemble de qualités et de bizarreries une absence totale d'ambition et le dédain le plus sincère de la richesse, et on saura à peu près ce qu'était Rodolphe. Son premier soin, quand il revenait d'une excursion, était de courir en Lorraine, dans la petite ville où vivait sa mère. Il y passait un temps où il trouvait autant de bonheur qu'il en apportait. Puis un matin l'inquiétude le reprenait, il songeait à un problème soulevé par une lecture, à un pays qu'il n'avait pas vu, à une chasse qu'il n'avait pas faite, et commençait à siffler en marchant un certain air que sa mère et sa sœur connaissaient bien. Un jour, les bonnes créatures préparaient sa malle à son insu, et bientôt après en l'embrassant lui disaient : – Va ! – Et il partait comme le pigeon de la fable. Elles savaient toujours qu'il reviendrait.

Rodolphe comptait au nombre de ses amis un M. de Faverges, qu'il avait rencontré en Syrie et gravement sauvé d'un mauvais pas où s'étaient échangés force coups de carabine et de pistolet. M. de Faverges, à moitié mort, n'avait dû la vie qu'au dévouement de Rodolphe, qui, atteint lui-même d'un grand coup de sabre au travers du visage, avait été tout à la fois pour son compatriote un chirurgien et une sœur de charité. Ce M. de Faverges, plus âgé que Rodolphe de quelques années, se trouva mêlé plus tard à de grandes affaires industrielles où il ne lui fut pas difficile de gagner deux ou trois millions. Malgré son opulence, le financier, resta l'ami du voyageur, et s'efforça de lui donner en maintes circonstances des témoignages d'une reconnaissance que le poids de l'or n'avait pas étouffée. Vingt fois il tenta de le pousser dans la voie où il marchait si heureusement ; ce résultat qu'il avait atteint, il le lui promettait pour lui-même. Rodolphe, par bonté d'âme, acceptait, et on le voyait pendant une semaine occupé sérieusement dans un cabinet à grouper des chiffres ; puis un jour il ne se faisait pas voir, et on apprenait bientôt que Rodolphe avait passé la frontière. De retour dans son entre-sol après une absence de trois mois, le fugitif s'excusait de son mieux. – Il y a des êtres, disait-il, qui ne peuvent pas s'empêcher de rester libres. – Oui, répondit une fois M. de Faverges exaspéré, les hannetons et les sangliers ! – Rodolphe sourit. – Il est certain que l'étourderie de ceux-là et l'humeur sauvage de ceux-ci sont incurables, reprit-il. Donc, s'ils meurent dans l'impénitence finale, il ne faut pas leur en vouloir. – M. de Faverges renonça à enrichir son ami, mais ne renonça pas à l'aimer. Le paon revêtu de pierreries resta l'ami du bouvreuil hôte, des forêts. Un matin, et après cent courses entreprises au hasard, Rodolphe était parti tout à coup pour Fribourg en Brisgau, où il était entraîné par l'espoir d'éclaircir une question d'architecture qui tenait depuis quelques jours son esprit en haleine. Sa visite faite à cette merveilleuse cathédrale, qui serait le chef-d'œuvre du grand Erwin de Steinbach, si le Munster de Strasbourg n'existait pas, Rodolphe imagina de parcourir la Forêt-Noire à pied, en chasseur, et d'en sortir par Heidelberg, après y être entré par l'Hœllenthal. On a vu comment le brouillard l'avait amené à la Herrenwiese.

L'allemand, qu'il avait bégayé au berceau, était une langue aussi familière à Rodolphe que le français. Il pouvait se croire dans sa patrie sur la rive droite comme sur la rive gauche du Rhin. Ce fut dans la langue adoptive de Jacob Royal qu'il échangea ses premières paroles avec Salomé. À peine installé chez le forestier, il avait chassé d'abord avec lui ; plus tard, quand Jacob dut surveiller des coupes, Rodolphe parcourut le pays. Salomé en connaissait tous les sites et lui servait parfois de guide. Cette silencieuse fille, qui au logis ne restait pas une heure inactive, et qu'il avait pourtant surprise au bord du ruisseau, les mains pendantes et les yeux perdus dans l'eau, l'intéressait comme un problème. Jamais de sourire, jamais de rougeur sur ce visage de neige. Un cœur battait-il sous ce fichu tranquille ? Que cachait ce front placide et rêveur ? Que demandaient au ciel ces yeux si clairs et si profonds, dont aucune ombre ne troublait tout à coup la pureté ? Sans qu'ils se fussent expliqués, il y avait entre eux une secrète sympathie qui les faisait se retrouver avec plaisir. L'un près de l'autre, ils étaient heureux. Salomé ne le disait pas, mais Rodolphe le devinait dans son regard. Zacharie les accompagnait dans leurs promenades : il pêchait des truites, et en attrapait quelques-unes dans les torrens, bien que la saison ne fût pas encore favorable. Tandis que l'enfant s'amusait, ils marchaient lentement, regardant la forêt, la montagne, le ciel, et parlant bas.

Il y avait déjà un certain temps que Rodolphe habitait la maison du garde, lorsque Salomé fut choisie par une femme du pays pour être marraine de son enfant. La jeune mère aurait bien voulu associer Rodolphe à ce choix en qualité de parrain ; mais la différence de religion s'y opposait. La cérémonie du baptême est une occasion de fête dans ces parties reculées du Schwartzwald. Il est d'usage de se réunir dans l'auberge du pays ; les hommes et les femmes revêtent leurs plus beaux habits ; l'enfant, paré de langes tout neufs et de couleurs vives, est couché sur un oreiller et dort sur un banc au milieu de ceux qui seront un jour ses guides et ses soutiens ; la marraine porte autour du front une couronne de fleurs naturelles, un bouquet orne le chapeau du parrain ; on s'asseoit autour des tables et on se réjouit. Dans ces contrées, où l'éclatant soleil du midi ne brille pas, la gravité est la compagne de tous les plaisirs, les convives restent sérieux ; on choque les verres, on échange un mot, un souhait, une espérance, puis on se tait. La rêverie qui est dans l'air s'empare de tous les esprits. Lorsqu'un nouveau-venu pousse la porte, chacun lui tend son verre ; l'arrivant y trempe les lèvres, rompt un morceau de pain et s'assoit. À son tour, il fait le même accueil à ceux qui le suivent. C'est comme le témoignage de l'hospitalité et l'affirmation d'une amitié cordiale, quelque chose comme une communion villageoise.

Rodolphe avait suivi Salomé dans la grande salle de l'auberge. Le parrain du petit enfant était auprès d'elle ; c'était un beau jeune homme, à l'air franc et résolu ; il ne la quittait pas. La couronne de fleurs des champs, glanées à grand'peine dans les bois et sur le plateau, que Salomé portait sur la tête, rehaussait la grâce pensive et le caractère poétique de son visage. Au milieu des compagnes de ses travaux journaliers, elle semblait appartenir à un autre monde. Un doux sourire entr'ouvrait ses lèvres quand elle offrait son verre à un voisin ; mais quel regard quand elle contemplait l'enfant dont elle allait répondre devant Dieu ! On voyait bien à l'accueil qu'on lui faisait qu'elle était aimée ; une sorte de respect empêchait seulement que les témoignages d'affection allassent jusqu'à la familiarité.

Vers midi, elle se leva et sortit accompagnée de Zacharie. La robe de laine blanche qu'elle portait tombait à longs plis sur ses pieds. Rodolphe la suivit. Un moment, le jeune homme qu'une parenté religieuse allait unir à Salomé s'arrêta sur le seuil de l'auberge, hésita, désirant peut-être un appel, puis rentra dans la maison lentement. Au bout d'une heure, Rodolphe et Salomé étaient arrivés près d'un site sauvage aux environs du Wildersee ; ils s'assirent dans l'herbe, sous l'ombre de grands hêtres devant lesquels s'ouvrait un horizon de forêts. Autour d'eux, dans la bruyère épaisse, des sapins vaincus par le vent se tordaient au ras du sol, et mêlaient leurs rameaux verts aux ronces et aux buissons de houx. Des nuages qui couraient dans le ciel jetaient de grandes ombres sur la montagne ; une solitude profonde les enveloppait. Salomé regarda du côté du couchant, d'où montaient lentement des flocons de vapeur qui rampaient au flanc d'un ravin. Bientôt après, ces flocons glissèrent au-dessus de la ligne de l'horizon, effleurèrent un instant la cime des arbres, puis se perdirent dans le ciel, où la lumière les colora d'une teinte d'or. Les yeux de Salomé, qui les suivaient dans leur vol, se mouillèrent, et sa poitrine se gonfla. – Où vont-ils ? murmura-t-elle.

Rodolphe lui prit la main, et, comme réveillé subitement : – Qu'avez-vous ? lui dit-il.

– Je ne sais. Je m'en veux de pleurer, et je pleure. Toutes les fois qu'une circonstance particulière me tire de la quiétude accoutumée où mes jours s'écoulent, je cède à cette sensation, à ce besoin. Mon cœur est comme un vase plein qu'une main imprudente secoue ; le contenu du vase s'épanche au dehors. Et cependant le Seigneur ne nous a pas octroyé le don des larmes pour les répandre, sur des maux imaginaires ; elles nous soulagent dans les sérieuses afflictions de la vie, et nous permettent encore de consoler ceux qui souffrent. Pourquoi donc les miennes coulent-elles sans cause et sans tarir, comme l'eau de cette source où tout à l'heure nous avons bu ? Ah ! Dieu me châtiera pour des larmes si peu justifiées !

Il y eut un moment de silence. Rodolphe, ému, observait ce visage, animé alors de tous les feux et de tous les désordres d'un désespoir qui faisait explosion. La glace s'était fondue : il y avait de la flamme dans les yeux, de la douleur, mille passions dans le pli des lèvres. La statue avait une âme et une voix.

– Ne me croyez pas folle, reprit Salomé avec un doux sourire, qui anima sa bouche décolorée d'une grâce ineffable. Il m'a semblé, du premier jour que vous m'êtes apparu, que vous étiez un frère qui veniez me secourir. Peut-être, devinerez-vous ce que je ne devine pas, et m'aiderez-vous à guérir. Je suis une pauvre fille ignorante, et vous venez des pays où l'on sait.

Amenée à parler d'elle-même par une de ces secousses violentes et soudaines dont les natures les plus concentrées subissent à certains momens l'irrésistible empire, Salomé raconta à Rodolphe qu'une maladie de langueur qui l'avait menacée dans sa première adolescence avait contraint son père à lui faire passer quelques années dans un pensionnat de Carlsruhe, où son esprit s'était ouvert à de nouvelles idées et plié à de nouveaux besoins, comme une terre vigoureuse est pénétrée lentement par l'eau qui l'arrose. Elle avait vécu au-delà de l'horizon de montagnes et de forêts où jusqu'alors elle avait grandi. Quand elle y retourna, habituée à de jeunes et fraîches amitiés qui l'y suivirent par le souvenir et quelque temps l'entretinrent de choses qu'elle regrettait, l'espace, la régularité méthodique, le bien-être acheté par le travail, le bruit du torrent, les promenades sous l'ombre mouvante des bois ne lui suffirent plus. Elle avait d'autres goûts, d'autres désirs. Son corps était guéri, son âme était malade. Elle ne savait où épancher ce trésor amer de connaissances qu'elle avait puisées au milieu de compagnes plus riches. Les conversations des gens simples de la Herrenwiese roulaient sur un thème invariable : on s'occupait des récoltes, de la coupe des bois, du prix des bestiaux ; on ne souhaitait qu'un peu plus d'aisance. Salomé était isolée au milieu de tous. L'inquiétude de son âme était servie par une organisation nerveuse, une sensibilité exquise qu'elle s'était appliquée à étouffer, mais qui réagissait. Seul son père aurait pu la comprendre, mais le garde avait mis sous ses pieds ces besoins et ces désirs tumultueux qu'il traitait de vanités et de pièges suscités par l'esprit malin. Sa mère en mourant emporta le secret de cette angoisse. Lorsque Salomé s'aperçut que les correspondances qui lui rappelaient les jours d'autrefois la troublaient dans sa retraite, elle en rompit le fil délicat, mais sans retrouver le calme. La lecture de certains livres qu'elle avait rapportés de la ville la faisait tomber dans de longues rêveries d'où elle sortait avec des vertiges, le cœur tout palpitant. Soumise au renoncement par l'austérité d'une éducation puritaine, elle déchira ces livres empoisonnés, et en dispersa les feuillets au vent ; mais la plaie vive saignait au plus profond de son cœur. Dans les commencemens de son séjour à la Herrenwiese, après qu'elle eut quitté Carlsruhe, sa principale, sa plus douce distraction avait été de chanter en s'accompagnant du piano. Elle avait un sentiment très vif et très sérieux de la musique, avec une voix sympathique, large, étendue, qu'elle conduisait habilement. Salomé ne chantait jamais que des morceaux des plus grands maîtres, et passait des heures dans cette occupation où elle trouvait une source intarissable de pures jouissances. Jacob aimait à l'écouter, malgré son éloignement pour les plaisirs profanes. Salomé avait bien vite reconnu que la musique exerçait sur tout son être un empire encore plus despotique que la lecture. Vainement, sollicitée par la raison, avait-elle tenté d'y renoncer, vainement avait-elle voulu s'imposer un sacrifice absolu : ses mains se promenaient toujours sur le clavier, et souvent elle chantait le soir des airs qui troublaient son sommeil et l'agitaient comme un arbrisseau secoué par la bise. Ainsi contre tout Salomé luttait avec vaillance et résolution, et cependant elle n'était pas encore maîtresse d'elle-même. De là ces longs silences et cette tristesse où elle s'absorbait. Devait-elle espérer la guérison, et les prières qu'elle adressait au Très-Haut seraient-elles exaucées ?

Une rougeur fébrile passait sur le visage de Salomé pendant cette confession, la première qu'elle eût faite ; ses yeux, noyés dans l'espace, étaient tout brillans de larmes. Rodolphe laissa tomber cette émotion à laquelle la jeune fille ne cédait pas sans résistance, et lui demanda bientôt après si elle n'avait jamais ouvert son âme à son père ; peut-être consentirait-il à descendre pour elle dans les villes, à quitter cette solitude où Salomé s'épuisait en luttes stériles ; ne l'aimait-il pas assez pour lui faire tous les sacrifices ? Salomé releva la tête : – Et c'est parce qu'il m'aime comme le fruit de ses entrailles que je ne lui en parlerai jamais ! s'écria-t-elle avec un feu extraordinaire. Moi, son enfant, l'arracher à cette chère montagne où son père a vécu, où ma mère est morte, où il a trouvé la paix du foyer domestique, où chaque tronc d'arbre qu'il a vu grandir est comme un compagnon de son enfance, où il est aimé, honoré, libre ! . Ah ! plutôt que de lui porter ce coup, je réduirai mon cœur en poudre !…

Elle appuya son front brûlant sur ses mains jointes, et garda le silence. En ce moment, Zacharie, qui faisait rouler des pierres dans le lac, revint en courant : – Il est tard et voilà le soleil qui se couche, cria l'enfant du plus loin qu'il aperçut Rodolphe, il faut partir. Salomé se leva : – Dieu m'envoie cette épreuve, que son nom soit béni ! dit-elle. Et, marchant devant Rodolphe, elle entra d'un pas ferme dans la forêt.

Cet entretien avait produit sur l'esprit du chasseur une impression profonde. Il eut pour résultat de le rapprocher encore de Salomé, Rodolphe était sûr à présent que le sang coulait sous cet épiderme froid, et que la vie s'agitait dans ce sein comprimé. Il ne lui trouvait pas plus de charme, elle lui était plus sympathique. Les chasses et les promenades continuèrent. Le froid descendit sur la montagne, quelques flocons de neige, un vent plus âpre, annoncèrent l'hiver ; Rodolphe ne quitta pas la Herrenwiese.

III

Cependant cette conversation, dans laquelle Salomé avait épanché sa tristesse, ne se renouvela plus. À quelque temps de là, si elle n'évitait pas la présence de Rodolphe, elle se montrait moins prompte à l'accompagner dans ses longues courses. Elle était rentrée dans son silence et sa tranquillité morne, comme un volcan qui s'endort après l'éruption. Seulement, quand le jeune chasseur lui parlait, elle avait des tressaillemens subits et sur la peau des rougeurs fugitives. Rodolphe avait remarqué ce changement sans en pouvoir démêler la cause. Il en souffrait, et cherchait mille prétextes pour renouer la chaîne rompue de sa chère confiance. Après des tentatives infructueuses, un soir que Salomé s'était éloignée, comme il arrivait de la chasse, il la rejoignit le long du ruisseau qui traverse la Herrenwiese. – Que vous ai-je fait ? dit-il. Ai-je trahi vos confidences ? Pourquoi me fuyez-vous ? Ai-je eu le malheur de vous déplaire ? Si je ne suis plus un ami pour vous, dites-le-moi, et jamais vous ne me reverrez.

Salomé devint plus blanche que les pierres lavées par l'eau du torrent. – Dieu, qui connaît nos plus secrètes pensées, sait ce qui se passe là, dit-elle en posant le doigt sur son corsage. La haine et l'ingratitude ne sont pas entrées dans mon cœur. Si vous partez, personne ne priera pour vous plus que Salomé.

Rodolphe resta.

À quelque temps de là, un jour qu'ils étaient assis sur un petit banc dans le jardin, le visage tourné vers le soleil, un étudiant qui passait sur la route s'arrêta et tendit sa casquette par-dessus la haie avec ce geste calme et grave qui ennoblit la pauvreté. L'étudiant voyageait et demandait l'aumône, l'aumône sainte qui devait l'aider à cueillir les fruits de l'arbre de science. Salomé, que la prière ne prenait jamais au dépourvu, tira du fond de sa poche quelques pièces de monnaie où le cuivre se mêlait à l'argent, et ouvrit la main dans la casquette de l'étudiant ; puis, courant vers la maison, elle en revint avec un pain blanc et un verre rempli de vin. Le voyageur vida le verre d'un trait, en secoua les gouttes sur le gazon, et prit le pain. Salomé venait de se rasseoir auprès de Rodolphe. – Que Dieu t'assiste ! dit-elle en saluant l'étudiant de la main.

L'étudiant agita sa casquette. – Que Dieu bénisse ton union et t'accorde une fille qui te ressemble ! répondit-il. Et il passa.

Un flot de sang monta au visage de Salomé. Elle se leva d'un bond, et s'éloigna en courant. Rodolphe n'osa pas la suivre.

Il arrive souvent qu'un mot éclaire d'un jour vif des sentimens ensevelis dans les ténèbres du cœur. On les ignorait, on n'y pensait pas la veille. Tout à coup ils font explosion, et le cœur qui les recelait en est subitement envahi. C'est l'étincelle qui tombe sur la mine chargée de poudre. Tout était silence, tout n'est plus que flammes et tonnerre. Tandis que Rodolphe regardait fuir Salomé, il se sentait remué jusque dans-les entrailles. Un sang plus chaud circulait dans ses veines ; il était attendri, ému ; il avait peur, et son trouble le remplissait d'une ivresse nouvelle ; il n'osait point descendre en lui-même, et chaque battement de son cœur lui criait qu'il aimait Salomé. On sait que Rodolphe avait à maintes reprises traversé Paris ; mais la durée et la fréquence de ses voyages dans des contrées barbares, son goût pour la chasse et la rêverie, qui, dans ses heures de paresse et de loisir, en faisait un hôte des campagnes, tout avait contribué à le sauver des plaisirs faciles et des séductions banales de la galanterie. Il avait conservé la jeunesse d'âme et, jusqu'à un certain point, la naïveté de ces bénédictins qui traversaient les années fougueuses de la vie entre les quatre muraille d'une bibliothèque. Cette éclosion de l'amour fut une fête pour Rodolphe, et il s'abandonna avec des délices infinies à la fraîcheur et à l'impétuosité de ses sensations.

La soirée qui suivit cet incident fut silencieuse. Ruth filait et caressait Zacharie du regard ; Jacob lisait le livre des Rois dans sa grande bible.

Salomé travaillait à un ouvrage d'aiguille. Elle ne releva pas la tête une fois, et jamais ses yeux ne rencontrèrent ceux de Rodolphe ; mais sa main tremblait sur la broderie, et à deux reprises, dans sa précipitation, elle cassa le fil que l'aiguille fixait sur la batiste. Son père la pria de chanter. Elle posa son ouvrage sur la table sans répondre et ouvrit le vieux clavecin. Elle prit au hasard, dans un cahier de musique, une mélodie de Schubert, et chanta. Sa voix était étouffée, mais avait en ce moment une expression singulière qui en augmentait le charme indéfinissable. Ruth cessa d'agiter son rouet ; Zacharie tout doucement se retourna sur sa chaise et regarda sa sœur ; Jacob, la tête entre ses mains, écoutait les yeux fermés. Quand Salomé arriva aux dernières mesures de l'Adieu, sa voix avait la douceur plaintive et la tristesse du vent qui pleure sur la bruyère. Tout à coup elle s'arrêta, et son visage parut baigné de larmes. – Salomé ! cria Rodolphe. Mais déjà Jacob l'avait prise entre ses bras. – Qu'as-tu ? Parle ! dit le père.

Salomé fit un effort pour se raffermir sur ses genoux. – Ce n'est rien,... je suis lasse, dit-elle.

Elle fit signe de la main à Ruth, qui accourut, et elle monta lentement l'escalier de bois.

Jacob, debout, les traits contractés par le chagrin, la suivait des yeux. – Seigneur, épargne ton serviteur ! dit-il d'une voix haute. Puis, se tournant vers Rodolphe : – Sa mère me l'a donnée, reprit-il, et je me souviens qu'elle a été malade. Depuis lors je suis inquiet comme l'oiseau dont le nid a été menacé, et j'élève mon âme à Dieu pour qu'il veille sur Salomé. Toi que ton âge rapproche de ma fille et que ton éducation a rendu habile dans des connaissances qui me manquent, ne sais-tu rien, n'appréhendes-tu rien ?

Rodolphe secoua la tête sans répondre. Alors Jacob Royal retourna à sa place, devant la table, et, ouvrant sa bible au livre des Psaumes, se mit à lire.

Et Rodolphe l'entendait à demi-voix qui disait :

« Seigneur, ne me reprenez pas dans votre fureur et ne me punissez pas dans votre colère,

« Parce que j'ai été percé de vos flèches et que vous avez appesanti votre main sur moi.

« À la vue de votre colère, il n'est resté rien de sain dans ma chair, et à la vue de mes péchés, il n'y a plus aucune paix dans mes os… »

À dix heures, sa voix murmurait encore au milieu d'un silence que rien ne troublait. Rodolphe se leva. – Prie pour nous, mon fils, dit le garde.

Le lendemain, Salomé parut à l'heure accoutumée ; son visage ne gardait plus aucune trace des langueurs et des abattemens de la veille. Elle tendit son front à son père, et, prévenant la question qu'il allait lui adresser : – Dieu a béni mon sommeil, dit-elle d'une voix calme.

Que d'actions de grâces dans le regard que le père abaissa sur sa fille ! Zacharie sauta au cou de sa sœur. – Ah ! m'as-tu fait peur hier !… Ne chante plus.

– Non, répondit Salomé.

Et elle ferma le piano, qui était resté ouvert.

Il y avait dans un village voisin le fils d'un éclusier dont la famille professait la religion réformée. Il avait quelque aisance et possédait une petite scierie sur les bords du torrent. Chaque année, avec les profits qu'il en tirait, il achetait quelque arpent de terre ou de bois. Jean était un jeune homme de vingt-six à vingt-sept ans, probe, laborieux, de mœurs irréprochables ; avec ce qu'il avait amassé et l'expérience qu'il avait acquise dans le commerce des sapins, on ne doutait pas qu'il ne s'établît un jour dans la vallée de la Murg. Il ne négligeait aucune occasion de voir les habitans de la Herrenwiese. Un coreligionnaire était toujours le bienvenu chez Jacob Royal ; la bonne réputation de Jean rendait cet accueil plus amical. On se marie de bonne heure dans la Forêt-Noire ; on s'étonnait donc que l'éclusier n'eût pas encore introduit une ménagère dans sa maison. La question de savoir quelle fille il épouserait était en conséquence une de celles qu'on débattait le plus volontiers dans les auberges du pays. Un matin, il quitta la scierie après avoir prévenu qu'il ne déjeunerait pas au logis, et s'enfonça dans un sentier qui de son village conduisait par le plus court à la Herrenwiese. Les bûcherons qui travaillaient dans la forêt remarquèrent que Jean avait ses plus beaux habits, bien qu'il eût plu la veille, et que le terrain fût mauvais. – Eh ! eh ! dit l'un d'eux, il n'a pas peur de gâter ses bottes ni de mouiller les pans de sa redingote noire ! j'imagine qu'un mariage est au bout de la promenade. – Bientôt après, le gilet écarlate et le bonnet de peau de renard de Jean avaient disparu derrière un coude du sentier. Vers midi, l'éclusier arriva sur le plateau. Jacob fumait sa pipe sur le seuil de sa porte ; Jean l'aborda, et ils causèrent en marchant à petits pas dans la prairie. Quand ils eurent fait trois ou quatre tours, Jacob et Jean échangèrent une poignée de main, et ils entrèrent dans la maison. Salomé travaillait ; Rodolphe était non loin d'elle qui lisait. Au premier regard, Rodolphe reconnut le jeune homme qui, dans la cérémonie du baptême dont il avait été témoin, avait figuré comme parrain à côté de Salomé.

– Voilà Jean notre voisin, dit Jacob ; il marche selon les voies du Seigneur, il est honnête selon le monde, il t'aime, et il vient me demander si tu veux devenir sa femme.

Salomé se leva plus froide que le marbre. – Est-ce un ordre, mon père ? dit-elle.

– Non, répondit le garde ; je crois que Jean sera bon pour toi, et que tu ne manqueras de rien dans sa maison.

– Vous êtes bon pour moi, et je ne manque de rien dans la vôtre, répondit-elle.

Jacob prit la main de sa fille. – Tu as la jeunesse en partage, et il est dans ma destinée de rendre compte de mes actions avant toi, ajouta-t-il avec une sorte d'insistance ; à l'heure de notre séparation, ce sera pour moi une consolation de penser que je laisserai ma fille auprès de quelqu'un qui sera son ami et aura le droit de la protéger.

Le regard de Salomé glissa sur Rodolphe. Le livre qu'il lisait était tombé à ses pieds ; il était affreusement pâle.

– Me permettez-vous d'attendre encore, mon père ? Répondit Salomé d'une voix faible, je ne voudrais pas apporter à mon mari un cœur qui ne fût pas tout à lui. Donnez-moi le temps de savoir si je puis aimer Jean comme il m'aime.

Jacob Royal se tourna vers l'éclusier : – Tu l'as entendue, dit-il, prends patience. D'ailleurs, si tu as besoin d'une compagne, et il n'est pas bon que l'homme reste seul, n'hésite pas, cette maison te sera toujours ouverte.

Tandis que Jacob parlait, Salomé s'appuyait d'une main contre la chaise qu'elle avait quittée ; elle tenait ses yeux baissés et tremblait de rencontrer ceux de Rodolphe.

– Qu'il soit fait selon la volonté de Salomé ; dans un an, je reviendrai, dit l'éclusier, et si son cœur ne parle pas pour moi, je choisirai une autre compagne.

La bouche de Salomé s'ouvrit comme pour lui dire : – Ne revenez pas ! mais l'excès de sa joie lui fit peur, et elle cacha sa tête entre les bras de Ruth.

Une heure après, Rodolphe, qui rôdait autour de la maison, en vit sortir Salomé. Elle prit un sentier qui côtoyait le bord du ruisseau, et le descendit à pas lents ; elle était seule ; Rodolphe la suivit. Au bout de quelques minutes, elle atteignit l'endroit où commence la vallée qui se dirige vers Forbach. Quelques grands arbres qui trempent leur pied dans l'eau y mêlent leur feuillage sur un talus de gazon semé de grosses pierres. La journée avait été tiède et rappelait les belles heures de l'automne envolé. Salomé s'assit au soleil sur la mousse. D'une main distraite, elle jetait de petits cailloux dans l'écume du torrent. Rodolphe s'approcha d'elle ; Salomé attacha sur lui ses yeux sans témoigner aucune surprise ; jamais son regard n'avait été plus doux et plus triste. – Ah ! je vous aime ! s'écria Rodolphe hors de lui.

– Et vous êtes catholique ! répondit Salomé sans retirer la main qu'il avait saisie.

Un frisson parcourut tout le corps de Rodolphe. Que de choses dans ce seul mot ! Il était aimé, et une barrière infranchissable les séparait. Il ne voyait aucun moyen d'arriver jusqu'à ce cœur qui se donnait à lui. Le saisissement l'empêcha de répondre. Il porta silencieusement la main de Salomé à ses lèvres et la regarda avec une sorte d'effroi. – Oui, vous m'aimez, reprit-elle la rougeur sur le front, mais sans s'éloigner. Je l'ai compris en même temps que j'ai compris que je vous aimais aussi. Peut-être est-ce un aveu que je ne devrais pas vous faire ; cependant j'y trouve un charme douloureux qui m'y fait succomber. D'ailleurs il n'est pas dans ma nature de mentir, et mieux vaut tout de suite creuser ensemble une situation à laquelle je ne vois pas d'issue. Nous serons deux à prendre la résolution qui nous paraîtra la meilleure. Je vous sais honnête et bon ; pendant cette première nuit que vous avez passée sous notre toit, au milieu du délire qui vous avait saisi, vous avez prononcé le nom de votre mère ; ce souvenir m'a donné une favorable opinion de votre cœur ; rien plus tard ne l'a démentie, et lentement je me suis attachée à vous ; à votre tour, vous emporterez de moi la pensée que je suis une créature sincère qui n'aurait pas mieux demandé que de vous dévouer sa vie. Malheureusement il y a entre nous un abîme que la plus longue patience et les efforts les plus constans ne parviendront pas à combler. Vous savez de quel sang je sors ; n'eussé-je pas enracinée en moi la foi de mes aïeux, leur long martyre est un legs qui pèse sur ceux de notre nom et les engage tous. Si vous changiez de croyance pour arriver jusqu'à moi, je vous estimerais moins, et, vous estimant moins, je ne pourrais plus vous aimer. Si je vous parle ainsi, c'est pour que vous me connaissiez tout entière. Vous savez à présent pourquoi j'évitais ces promenades et ces rencontres que vous recherchiez. Il n'en pouvait sortir rien de bon, et pour vous, et pour moi ; mais quand je me suis retirée, le mal était fait ; je l'ai senti au trouble de mes nuits. Rien depuis lors n'a pu me guérir, ni la méditation, ni la prière. Dieu n'a point béni mes larmes. C'est la première fois, ce sera la dernière aussi que je vous parlerai de ce triste amour. Il y a des blessures si cuisantes, qu'il n'y faut pas toucher. Maintenant il serait à désirer que vous eussiez le courage de partir. Vous aurez traversé cette solitude comme autrefois le fils d'Abraham traversa la Mésopotamie ; seulement la fille de Laban ne vous suivra pas. Il ne dépendra pas de moi que je vous oublie, toute ma volonté et une longue suite de jours n'y suffiraient pas ; mais si mon père me présente un mari, je ne dois pas vous cacher non plus qu'au premier signe de sa volonté j'obéirai.

Rodolphe était atterré. La raison lui criait que chaque parole de Salomé était marquée au coin du bon sens et de la vérité. Elle lui parlait un langage ferme et résolu ; on ne devinait la tendresse profonde qui était en elle qu'à l'accent de la voix et à l'expression des yeux. Tout son amour, tout son dévouement, tout son désespoir, y semblaient réfugiés. Le chasseur la connaissait assez pour savoir que rien désormais ne la ferait dévier de la route où elle voulait marcher. Cependant il ne pouvait se résoudre à l'abandonner. Il regarda autour de lui le cercle de forêts dont un rayon de soleil oblique rougissait les cimes, et la pensée de quitter ce petit coin de terre où il avait rencontré Salomé lui serra le cœur. La Herrenwiese était comme une patrie nouvelle pour lui. Il se hasarda à demander à sa compagne si rien ne fléchirait Jacob Royal, et si par affection il ne consentirait pas à lui donner sa fille. Salomé secoua la tête. – Est-ce à moi, dit-elle, de lui porter ce coup terrible ? Qu'a-t-il fait pour que ces mains auxquelles il a enseigné la prière se dressent contre lui et le déchirent ? Non, non. Il a plu au Seigneur de nous envoyer cette épreuve, acceptez-la comme je l'accepte !

Rodolphe et Salomé s'entretinrent encore quelques instants, puis Salomé se leva. – Il faut nous séparer, dit-elle ; nos cœurs se sont ouverts, ne les laissons pas s'amollir dans d'inutiles épanchemens. La plaie est assez douloureuse sans qu'il soit besoin de l'élargir. Encore une fois, donnez-moi votre main, puis adieu. Nous sommes comme deux voyageurs qui se rencontrent dans le désert ; une heure ils se sont reposés à l'ombre de la même oasis, et ont rafraîchi leurs lèvres dans les eaux de la même fontaine, puis ils échangent une dernière parole et s'enfoncent dans le sable, marchant vers des horizons divers. Cette vallée de larmes où nous errons n'est pas éternelle, et nous ne faisons qu'y passer…. Plus loin nous nous retrouverons.

Elle laissa sa main quelques minutes dans celle de Rodolphe et le regarda longtemps, le cœur gonflé et les lèvres agitées d'un léger tremblement. – À ce soir, dit-elle tout à coup ; quand je vous reverrai, vous ne serez plus qu'un hôte pour moi. – Et elle s'éloigna sans retourner la tête.

IV

Rodolphe n'eut pas le courage de suivre le conseil difficile que lui avait donné Salomé. Il ne partit pas, et la Herrenwiese le vit encore le lendemain et les jours suivans ; mais ce fut vainement qu'il tenta de renouer l'entretien avec le fille de Jacob, et de la ramener sur les choses qui l'occupaient sans cesse. Elle fut inflexible. Elle n'y pensait pas moins, mais n'en laissait rien paraître. Son visage blanc avait retrouvé la rigidité du marbre ; on aurait pu croire, tant il était impassible, que jamais le désordre et les flammes de la passion n'en avaient illuminé les traits. Elle vaquait silencieusement aux soins du ménage avec cette même démarche tranquille qui n'était ni lente ni pressée, cette même activité méthodique, cette même vigilance minutieuse qui ne néglige aucun détail, et accorde une attention égale aux bœufs qui ruminent dans l'étable et à l'oiseau qui sautille dans sa cage. À présent qu'elle connaissait la cause de son trouble, et qu'elle avait à lutter contre un mal dont l'origine était visible, elle retrouvait pour le combattre toute son énergie et sa ténacité. Elle redoublait de soins pour être le moins souvent possible avec elle-même, et cherchait à distraire sa pensée en appelant à son aide des travaux qui la fatiguaient. Elle ne fléchissait pas dans sa volonté, pareille à un soldat qui tient son drapeau levé au plus fort de la bataille. Quelquefois cependant, troublée par les longs regards que Rodolphe attachait sur elle, et comme attendrie dans sa résistance., elle était entraînée spontanément à lui accorder un mot, ainsi qu'on l'a vu au commencement de cette histoire, mot rapide qui la déchirait sans que Rodolphe en fût apaisé.

Un soir qu'il était dans sa chambre après une soirée muette que la retraite de Salomé avait abrégée, Rodolphe se souvint de M. de Faverges : il ne lui avait pas écrit depuis son départ pour Fribourg. Il prit une plume et lui adressa une lettre où toute son âme se déversa. Après le récit de l'aventure de chasse qui lui avait fait rencontrer Jacob, après un portrait rapidement esquissé de Salomé, il continuait en ces termes :

« Voilà pourquoi je suis resté à la Herrenwiese, et pourquoi j'y reste encore. Le printemps m'y trouvera peut-être. Si j'attends quelque chose, ce que je ne sais pas, certainement je n'espère rien. Je suis soutenu par ce sentiment indéfinissable qui persiste dans le cœur de l'homme, malgré la certitude absolue d'un malheur irréparable.

« Les idées dans lesquelles tu as été élevé, ce doute et cette ironie qu'on respire avec l'air qui flotte sur les boulevards de Paris, ne te permettront pas de comprendre que deux familles chrétiennes ne puissent pas s'unir, parce qu'une différence dont les catholiques et les protestans de nos salons soupçonnent à peine l'étendue sépare leurs communions. Cela est cependant. Jacob Royal, dont j'estime profondément le caractère, dont j'admire l'austérité, la constance, et une certaine grandeur morale qu'on ne peut apprécier à distance, mais qui frappe aussitôt qu'on vit dans son intimité, n'est pas un protestant, pas même un calviniste, c'est un huguenot ; comprends-tu bien ? un vrai fils de ces sectaires qui combattaient à La Rochelle et qui mouraient en confessant leur foi. Il ne faudrait pas le pousser beaucoup pour l'entendre crier : Vive Coligny ! Il prie et il jeûne chaque année le jour de la Saint-Barthélémy, et chaque année, le 17 octobre, il prend le deuil en souvenir de la révocation de l'édit de Nantes. C'est moins un homme qu'une tradition et un principe. J'ai le frisson quand il chante les psaumes de David, entouré de ses serviteurs ; alors je n'ai qu'à fermer les yeux pour me croire dans une caverne des Cévennes au temps de la persécution de M. de Villars. Un tel proscrit, le fils d'une pareille race, est inébranlable comme les vieilles roches des montagnes d'où il sort. Il y a en lui l'humilité du chrétien et l'orgueil de l'exilé. Son langage a une forme et un caractère qui étonnent. Les terribles soldats contre lesquels les Guises tournèrent leur épée ne devaient pas parler autrement qu'il ne le fait ; c'est l'écho d'un siècle qui dort dans la poudre des tombeaux. Moi qui ai bu à la coupe de la raillerie mondaine, j'en suis tout épouvanté, ainsi qu'un voyageur qui voit surgir du milieu des sables la tête énorme d'un sphinx de granit.

« Tu devines ce que peut être Salomé, élevée par un tel serviteur de Calvin dans la solitude austère de la Forêt-Noire. Tous les sabres de mille dragons ne la feraient pas reculer. Il y a du sang de lionne dans les veines de cette frêle créature, qui a la douceur d'un agneau. Sa volonté est comme la tige d'un jeune chêne, toute droite et inflexible ; sa bonté, inépuisable comme les eaux bienfaisantes d'un fleuve. Te souviens-tu de cette tête de Vierge d'un caractère byzantin que nous admirions ensemble parmi les arabesques d'or et d'azur et les rinceaux de pourpre d'un vieux missel découvert à Syracuse ? Je ne me lassais pas de regarder cette figure candide d'un caractère si singulier. La première fois que je vis Salomé, il me sembla la reconnaître, moi qui ne l'avais jamais vue. Peu de temps après, un jour que, couronnée de fleurs, elle tenait un enfant sur les fonts baptismaux, une exclamation faillit m'échapper des lèvres. Je ne m'étais pas trompé en la reconnaissant. J'avais devant les yeux cette tête de Vierge qui m'avait charmé, et dont le regard mystique et la chevelure d'or illuminaient les marges jaunes du vélin. Un trouble inexprimable s'est emparé de moi. J'ai vu dans cette rencontre le doigt de la destinée. Il y a si loin de Syracuse à la Herrenwiese !

« Ma vie s'écoule à regarder Salomé, à la suivre des yeux, à la chercher, à m'enivrer de sa présence. Nous n'échangeons pas quatre paroles en une journée. Je sens bien que le bonheur serait auprès d'elle. Je ne puis pas y atteindre. Souvent je chasse tout un jour, mais j'emporte son souvenir avec moi. Jacob, qui m'accompagne, sourit quand je néglige de tirer un chevreuil qui part d'un taillis ou quelque coq de bruyère qui de ses grands coups d'aile fait retentir la voûte des bois. Hélas ! je ne pense qu'à Salomé, je ne vois que Salomé !

« Et cependant tu sais si j'ai l'humeur romanesque ! moi qui n'aimais que les plantes et les coquilles, les médailles et la chasse, les courses lointaines et les livres ! Ah ! que je donnerais tous ces biens pour tenir sa petite main dans la mienne ! Se peut-il que l'on change si profondément et si rapidement ?

« Il m'a fallu, misérable que je suis, tromper le bon Jacob pour trouver un prétexte à ce long séjour que je fais dans la montagne. La chasse n'y suffisait plus. On entend si rarement le son de mon fusil dans la forêt ! Je compose donc un herbier dans lequel je veux collectionner toutes les plantes de la flore locale. J'en ramasse par-ci par-là quelques-unes que je mets proprement sécher dans de grandes feuilles de papier blanc qui font l'admiration de Zacharie. Il ne comprend pas, le cher petit, pourquoi l'on gâte ainsi du beau papier sur lequel on pourrait dessiner tant de bonshommes et tant de maisonnettes ; mais à ma collection j'aurai toujours grand soin qu'il manque quelque fleur, une fougère, un brin de mousse. L'honnête Jacob m'apporte souvent des plantes qui lui semblent curieuses. Je rougis en les recevant.

« Cette situation cependant ne peut pas durer. Salomé tient toujours ce qu'elle promet. Chaque fois qu'une affaire ou un hasard amène un étranger dans la maison du garde, s'il est jeune, s'il est bien tourné, s'il la regarde attentivement, je tremble que ce ne soit le mari qu'elle a résolu d'accepter aussitôt que son père le lui proposera. S'il passe la nuit sous le même toit qui nous abrite tous, j'ai la fièvre. Je ne suis rassuré qu'au moment du départ. Rien jusqu'à présent ne me fait soupçonner que le péril soit imminent ; mais demain, mais après-demain, qui sait ?...

« Personne dans la maison ne se doute de mon amour pour Salomé, personne, si ce n'est peut-être Ruth. Elle a, tout en agitant son rouet, une manière de me regarder qui m'inquiète ; l'amitié particulière que me témoigne Zacharie, qui est son favori, et que je ne laisse jamais manquer de crayons et de papier, me protège seule. L'autre jour, en passant près de moi, elle a dit : – Dieu a, suscité les Philistins contre nous, et le repos d'Israël a été troublé !

« J'ai peur d'être seul si un malheur me frappe... »

Lorsque M. de Faverges reçut cette lettre, il n'avait par aventure aucune affaire à terminer. La pluie tombait effroyablement ; la saison était maussade ; les maisons où il était accoutumé à passer ses soirées semblaient s'être entendues pour fermer leurs portes. On sait en outre qu'il aimait Rodolphe sincèrement. Il se décida brusquement à partir, et partit dans les vingt-quatre heures. La singularité de l'aventure dans laquelle son ami était engagé n'était pas une des moindres choses qui l'attiraient à la Herrenwiese.

Quand il y arriva, rien n'était changé dans la situation réciproque de Rodolphe et de Salomé. – Ce qui était est encore, lui dit Rodolphe ; il me paraît seulement que je l'aime un peu plus.

Jacob Royal accueillit M. de Faverges comme un ami de son hôte. Salomé ne fut ni embarrassée ni empressée. Une heure après l'entrée du voyageur dans la maison, on n'aurait pas pu croire qu'un étranger en eût passé le seuil. Pendant la soirée, Salomé ne quitta point l'aiguille, Ruth son rouet et Jacob sa vieille bible. Huit jours s'écoulèrent ainsi. M. de Faverges étonné acquérait la conviction que rien n'était exagéré dans la peinture que Rodolphe lui avait faite de l'intérieur du garde. – Il faut que cette situation ait un terme, dit-il à son ami : il n'y a que l'égoïsme de l'amour qui puisse t'empêcher de voir la fatigue dont tous les traits de Salomé portent l'empreinte ; mais rien ne vaincra, j'en ai peur, l'obstination de Jacob. Tu avais raison, c'est un formidable huguenot ! La nuit j'entends en rêve le choral de Luther. Quoi qu'il arrive, il est temps de parler au forestier. Je m'en chargerai, si tu veux.

– Garde-t'en bien ! s'écria Rodolphe ; il me faudra partir s'il dit non !

M. de Faverges insista. – Si tu l'aimes à ce point que tu ne puisses pas te passer de Salomé, abjure, dit-il ; elle est femme, et les femmes pardonnent les vilaines actions que l'amour fait commettre.

– Pas elle ! murmura Rodolphe.

– Alors donne à ta passion un beau vernis d'héroïsme, et pars. Elle te pleurera un temps. Épouse et mère, elle t'oubliera.

– Ah ! tu me fais mourir ! reprit Rodolphe en frissonnant.

Cependant la logique de M. de Faverges l'emporta. Rodolphe demanda quinze jours, et promit de se soumettre à tout ce que son ami exigerait, si au bout de ce temps un incident n'avait apporté aucun changement dans sa position. M. de Faverges accorda les quinze jours. – Autant de perdu ! dit-il. Malgré sa philosophie mondaine, il était ému plus qu'il ne le laissait voir.

Un hasard fit naître cet incident, sur lequel, à vrai dire, Rodolphe ne comptait pas, et qu'il redoutait plus encore qu'il ne le désirait. On se souvient qu'il avait inscrit un R et un S entrelacés sur les marges d'un livre que Salomé feuilletait souvent ; c'était un livre de religion qui lui venait de sa mère. Un jour, Jacob, l'ayant ouvert, aperçut les deux lettres. Il appela sa fille, et les lui montra. Salomé comprit que le jour où le coup de hache devait être porté était venu. – Est-ce toi qui as tracé là ces deux lettres ? dit Jacob.

– Non, répondit Salomé, qui avait la mort dans l'âme.

– Les avais-tu vues déjà ?

– Oui, reprit-elle avec l'accent ferme d'une personne qui ne veut pas mentir.

– Et tu ne les as pas effacées ? Salomé baissa la tête.

– Le malheur est entré dans ma maison ! poursuivit le garde. En ce moment, Rodolphe passait devant la porte. Salomé courut à lui, et d'une voix haute : – Venez dire à mon père, s'écria-t-elle, que je n'ai rien fait qui vous autorisât à penser qu'un jour je pourrais être votre femme, que si mon cœur a été faible et abandonné d'en haut, je n'ai pas cessé d'être une fille soumise et reconnaissante, que je vous ai montré le chemin du départ, et que le désespoir de vous perdre le cédait au chagrin d'affliger celui qui me parle et qui me juge !

– C'est vrai, répondit Rodolphe, elle a été droite et courageuse ; elle m'a dit de partir, et je suis resté ; elle m'a dit qu'elle se soumettrait à votre volonté, et je suis resté... Je l'aimais, et la certitude de votre refus m'a seule empêché de vous en faire l'aveu.

– C'est une consolation pour moi de penser que dans mon affliction Salomé n'a pas cessé de craindre Dieu et d'honorer son père, reprit Jacob tristement. Qu'un rayon d'en haut l'éclaire ! Toi, tu ne peux plus rester ici ; je t'ai accueilli comme un fils : demain, quand le jour viendra, je serai ton guide, et tu quitteras cette maison.

– Je la quitterai, répondit Rodolphe, et on se sépara. En montant l'escalier, Salomé posa la main sur la rampe pour s'appuyer, ce qu'elle ne faisait jamais.

L'heure du dîner vint. Jacob s'approcha de la table, et fit signe à Rodolphe de s'asseoir. M. de Faverges les regardait tous deux. Par un geste machinal, il passait la main sur son front comme un homme qui est la proie d'un rêve et s'efforce de le chasser. Les femmes ne descendaient pas ; cependant leur couvert était mis. Ruth parut enfin au pied de l'escalier. – Que le Seigneur protège cette maison ! dit-elle avec l'accent du désespoir. Salomé est là-haut couchée sur son lit, sans parole, sans haleine ; je l'appelle, elle ne m'entend pas ; le feu de la fièvre la dévore.

Jacob se leva tout droit. Tous les muscles de son visage tremblaient. – Tu l'as entendue, s'écria-t-il en saisissant la main de Rodolphe, monte et sauve-la !

Lorsque Rodolphe eut pénétré dans cette chambre, où il n'était jamais entré, il trouva Salomé toute raide et brûlante. Elle avait les yeux fixes. Ruth raconta que dans la journée, et après l'entretien qu'elle avait eu avec son père, Salomé était montée chez elle. Elle était horriblement pâle, et il lui semblait qu'elle chancelait en marchant. Malgré le froid, elle avait ouvert la fenêtre et longtemps exposé sa tête nue au vent. Ruth lui avait alors demandé si elle était malade. Salomé l'avait rassurée, et, prenant le livre que sa mère lui avait laissé, elle l'avait ouvert. Elle lisait depuis quelque temps, lorsque tout à coup elle avait poussé un grand cri et s'était levée en portant les mains à son front. Ruth l'avait reçue dans ses bras. Depuis ce moment, Salomé était comme morte. On sait que Rodolphe avait étudié presque toutes les sciences et pris ses grades dans plus d'une faculté ; il était un peu médecin comme il était un peu chimiste, et avait eu occasion, depuis son arrivée à la Herrenwiese, d'exercer son savoir dans les maisons du pays. Au premier examen, il comprit que Salomé était menacée d'une congestion cérébrale, produite certainement par la tension de sa volonté et par l'ébranlement que l'explication dont elle avait été tout à la fois la cause et l'objet avait déterminé dans cette frêle créature. Il ne la quitta plus. En présence d'un mal réel qu'il fallait combattre énergiquement, Rodolphe recouvra toute sa présence d'esprit et tout son sang-froid. Il conjura la crise par la vigueur et la promptitude des réactifs, et put répondre, au bout de quelques heures, de la vie de Salomé. Toute la nuit, il resta debout, la main et les yeux sur la fille de Jacob. Ruth le servait sans ouvrir la bouche ; quand il n'avait pas besoin d'elle, la vieille fille retournait à son rouet et filait. Quelquefois une grosse larme roulait sur sa joue ridée et mouillait le chanvre. Jacob lisait dans sa bible. Avant de tourner le feuillet, il levait les yeux et regardait tour à tour Rodolphe et Salomé. Quelle angoisse sur ce visage qui voulait être impassible ! Puis il reprenait sa lecture, et tout à coup on entendait, au milieu d'un profond silence, un bruit grave et doux qui remplissait la chambre : c'était Jacob qui lisait à demi-voix quelques passages des prophètes ou de l'Ecclésiaste.

Vers le matin, Salomé ouvrit les yeux, reconnut Rodolphe penché sur elle, épiant la vie, et poussa un grand soupir. Jacob sauta sur les mains de sa fille et tomba à genoux. Rodolphe se précipita hors de la chambre. Il sanglotait. – J'ai élevé ma voix et j'ai crié au Seigneur ; j'ai poussé ma voix vers Dieu, et il m'a exaucé ! criait Jacob les mains dressées vers le ciel.

Salomé était sauvée, mais il ne fallait pas la perdre de vue. Il ne fut plus question de départ. Pendant un mois, Rodolphe veilla au chevet de la malade ; la convalescence fut longue et pleine de périls. Salomé ne semblait renaître que par la volonté qu'elle avait de se conserver à son père ; mais quand Rodolphe ne pouvait pas la voir, ses yeux, malgré elle, s'attachaient sur lui avec une expression de douleur et de tendresse qui la transfigurait. Un soir que Rodolphe, épuisé de fatigue, s'était endormi près d'elle à la suite d'une crise passagère, Salomé prit doucement des ciseaux et coupa sur la tête inclinée du jeune homme une boucle de cheveux qu'elle glissa sous son oreiller. Ruth la surprit tandis que, d'une main faible, elle caressait ce souvenir d'un amour condamné. – Ah ! dit Salomé, n'est-il pas mort pour moi ?… C'est comme un brin d'herbe sur la pierre d'un tombeau. – Ruth détourna la tête en pleurant.

Bientôt Salomé put quitter sa chambre. On profita du soleil de midi pour lui faire respirer l'air dans le petit jardin. Elle s'appuya sur le bras de son père afin d'essayer quelques pas sur l'herbe. Elle promena ses regards encore voilés sur l'immense rideau de forêts qui l'entourait. Les hauteurs en étaient couvertes de neige. Le ciel était pâle. « Comptez sur moi, je suis à vous, » dit-elle à son père en lui pressant le bras. Zacharie bondissait autour d'elle et poussait des cris d'allégresse ; Rodolphe la suivait d'un œil triste. Combien peu de temps s'écoulerait avant le jour où il devait s'éloigner pour ne plus revenir ! Il était heureux de voir Salomé debout, et regrettait cependant qu'elle n'eût plus besoin de lui. M. de Faverges marchait auprès d'eux ; vingt lettres le rappelaient à Paris, mais il lui semblait que le boulevard des Italiens et l'Opéra étaient à mille lieues de ce petit coin de montagne. Il avait pour Salomé le cœur d'un frère. – Je conçois qu'on adore cette petite huguenote, disait-il à Rodolphe.

Quand cette vaillante fille eut reconquis la vie, elle prit un jour le bras de M. de Faverges. – Vous avez tous nos secrets, dit-elle ; ce n'est donc pas à vous que je cacherai rien de ce qui se passe dans mon cœur. Il y a là une déchirure que la présence de Rodolphe fait saigner de plus en plus ; je ne dis pas qu'elle cicatrisera jamais : il ne sait pas à quel point je l'aime ; mais au nom même de cette vie que son dévouement m'a rendue, je lui demande de partir. Il y a en moi comme un renoncement au bonheur, mais non pas au devoir ; qu'il m'aide à en porter le poids ! Le spectacle de son chagrin m'épuise et m'oblige à penser au mien : obtenez de lui qu'il me l'épargne. Quand il ne sera plus là, vous l'aiderez à m'oublier et à guérir. M. de Faverges ne se souvint plus qu'il était Parisien. – S'il vous oubliait, ce serait un méchant homme, et je ne le reverrais jamais ! dit-il.

– Alors qu'il pense à moi comme à une amie et qu'il soit heureux ! S'il le devient un jour, vous me l'écrirez, et je serai plus tranquille.

M. de Faverges lui demanda la permission de faire une dernière tentative auprès de Jacob.

– Faites ! répondit Salomé en hochant la tête.

Le soir même, M. de Faverges prit à part son hôte. Tous les argumens que l'amitié la plus vive peut fournir, il les employa pour ébranler la résolution du vieux puritain. Jacob l'écouta sans l'interrompre ; mais lorsque M. de Faverges se tut : – La mort me l'avait prise, la mort me l'a rendue ; la crainte de son aiguillon ne me fera pas céder ! répondit le huguenot.

Et comme l'ami de Rodolphe insistait, Jacob, frappant du pied la terre, s'écria : – Aussi longtemps que je foulerai le sol de la patrie allemande, jamais Salomé ne sera la femme d'un catholique, j'en prends Dieu à témoin !

V

On était alors à une époque de l'année où tous les habitants de la Forêt-Noire s'apprêtent à célébrer l'ouverture des écluses ou Schwellung. Le bois abattu dans la montagne a été dirigé le long des cours d'eau qui se déversent dans la Murg ou la Kintzig, affluens du Rhin. Quand on juge le moment opportun, les forestiers choisissent un jour, on ouvre les portes gigantesques pratiquées dans les barrages qui ferment les vallées, et la masse des eaux retenues dans d'immenses réservoirs gonflés par la fonte des neiges emporte dans son élan les troncs de sapin et les énormes poutres empilés le long des torrens. C'est une cérémonie imposante qui attire souvent un grand concours d'étrangers. On l'annonce plusieurs jours à l'avance ; les dernières coupes sont précipitées au fond des gorges, à portée du flot, qui bientôt passera au-dessus des roches les plus hautes ; le fer des propriétaires a marqué les différentes pièces de bois qui doivent alimenter les scieries des vallées inférieures. Les auberges bâties dans le voisinage des cours d'eau reçoivent la visite des marchands et des curieux. Le chasseur et le touriste pénètrent dans le Schwartzwald, animé alors d'une vie plus active. M. de Faverges avait manifesté le désir d'assister à l'ouverture des écluses, qui devait avoir lieu vers la fin de la semaine. On ajourna le départ des deux amis au lendemain de cette fête locale. Rodolphe comptait les heures qui l'en séparaient. Il voyait à tout instant Salomé, et il évitait de lui parler. Ils osaient à peine se regarder. La pauvre fille avait le visage non moins désolé et non moins rigide cependant que celui de la femme de Loth quand elle fut changée en statue de sel.

Quand arriva le matin du jour désigné par les forestiers, Jacob partit de bonne heure avec M. de Faverges. Ils ne parlaient plus ni les uns ni les autres de la chose qui faisait l'objet de leurs préoccupations. Le garde laissait sans crainte Rodolphe à la maison ; il le connaissait, et il connaissait aussi Salomé. Une sorte de pudeur, dont cette âme inflexible avait le sentiment, ne lui permettait pas non plus d'assister aux adieux que peut-être ils avaient à se faire.

Un fort barrage est pratiqué sur le cours du Schwartzenbach à une petite lieue de la Herrenwiese. Un peu plus bas, en aval du torrent et presque à son point de rencontre avec la Raumunzach, un pont de pierre d'une seule arche enjambe le lit de roches du Schwartzenbach, et domine une chute de huit ou dix mètres, où de grands blocs de granit sont entassés dans un désordre pittoresque. À l'angle même du confluent des deux cours d'eau, sur un pan de mousses et de bruyères, les bûcherons établissent, à l'aide de quelques planches et de quelques brassées de fougères, des sièges pour les curieux qu'attire la singularité de ce spectacle. Des feux de branches mortes pétillent auprès de ces sièges rustiques. La gorge est étroite, profondément encaissée entre des pentes raides chargées de hauts sapins ; l'eau tout écumante fuit entre les quartiers de roc blanc, plaqués çà et là de fortes ombres ; le bruit du vent qui arrache d'éternelles plaintes à la forêt se mêle au murmure du torrent ; la lumière qui pénètre au fond du ravin, et fait étinceler par places les nappes d'eau, semble verte ; on voit le ciel tout en haut comme une bande d'azur pale entre deux rangées d'arbres. Le paysage est romantique. Des gendarmes dont le casque brille écartent du pont les imprudens qui cherchent à s'en approcher ; de grands chariots attelés de bœufs sont arrêtés sur la route ; des officiers enveloppés de la longue capote grise, des étudians coiffés de la casquette héréditaire des universités allemandes, des artistes qui déjà taillent leurs crayons, vont et viennent dans les bois, ou se groupent autour des feux ; quelques flocons de neige chargent encore la cime des plus hauts sapins.

Le signal de l'ouverture des barrages venait d'être donné. Jacob, que ses fonctions appelaient partout à la fois, avait abandonné M. de Faverges dans la vallée après lui avoir indiqué le chemin à suivre. Lui-même venait de quitter le pont jeté sur le torrent, lorsqu'en se retournant il n'aperçut plus son fils. – Et Zacharie ? dit-il.

Il chercha du regard autour de lui, et ne vit rien. Il appela, et Zacharie ne répondit pas.

– Je l'ai vu courir tout à l'heure le long du Schwartzenbach, il s'en allait du côté de l'écluse, dit une voisine.

Jacob se sentit frissonner de la tête aux pieds, et s'élança sur les bords du torrent. On entendait au loin le tumulte des eaux qui descendaient la pente avec une effrayante rapidité et un grondement terrible semblable au retentissement de cent canons bondissant sur une chaussée d'airain. Tous les bruits s'effaçaient devant ce bruit. Jacob jeta un regard dans le fond du ravin. Du même coup d'œil, il vit comme un rempart mouvant fait de mille troncs de sapins roulant sur un lit de pierres énormes, et en avant, au travers du ruisseau, essayant de fuir, son fils, que la poursuite d'un oiseau avait amené là. Jacob voulut crier ; sa voix fut étouffée par la clameur du torrent. La peur paralysait Zacharie ; il essaya de sauter sur la rive, son pied glissa, et il tomba sur le genou. Jacob sentit une sueur froide mouiller ses épaules ; il courait, mais les sapins et le flot couraient plus vite que lui. C'est alors que M. de Faverges, qui s'était égaré, sortit du milieu de la forêt ; il vit l'enfant et le péril où il était ; s'élança d'un bond dans la rivière, le saisit entre ses bras et sauta sur le bord au moment où l'écume bouillonnait autour de lui et montait jusqu'à sa ceinture. Un effort suprême le mit hors des atteintes du flot, mais une pièce de bois lancée par la violence des eaux ricocha contre un pan de roches et le frappa au flanc. Il ouvrit les bras et tomba évanoui auprès de Zacharie.

Quand il revint à lui, il était dans la maison de Jacob, à la Herrenwiese. Il éprouvait une grande lassitude et une violente douleur au côté. Salomé, inquiète et pâle, était près de son lit. Il se souvint de tout ce qui s'était passé, et chercha Zacharie du regard. – L'enfant dort, il est bien, dit la voix grave de Salomé.

La secousse seule et la douleur avaient fait perdre connaissance à M. de Faverges. Il n'avait aucun organe lésé. La pensée du service immense qu'il avait rendu à Jacob ne lui permettait pas, ainsi qu'à Rodolphe, d'accepter plus longtemps son hospitalité ; il craignait, en prolongeant son séjour à la

Herrenwiese, qu'on ne l'accusât de profiter de la reconnaissance de tous pour imposer son ami à la famille. Aussitôt qu'il put se tenir debout, il prit la résolution de partir, et en avertit Rodolphe, qui l'approuva. Le jour même, il boucla sa valise et prévint Jacob que le lendemain il lui ferait ses adieux.

– Tu es un juste, et tu as sauvé mon fils bien-aimé ! dit le garde, à présent je suis à toi, et tout ce que j'ai est à toi.

Une idée illumina M. de Faverges. – Eh bien ! dit-il avec fermeté, si vous croyez me devoir quelque chose en récompense de ce que j'ai fait, accordez à Rodolphe la main de votre fille.

Jacob devint pâle. – Qu'exiges-tu ! s'écria-t-il, c'est comme si tu m'enfonçais un poignard dans le cœur.

– Écoutez, continua M. de Faverges, mon ami porte au travers du visage la trace d'une dette que j'ai contractée, aidez-moi à m'acquitter, vous qui voulez être mon débiteur. Je n'exige rien, réfléchissez seulement.

– Ah ! tu es cruel, répondit Jacob.

Le soir, on s'assit à la table commune. Personne ne parlait et personne ne mangeait. Zacharie, qui pleurait, se leva de sa place avant la fin. Un sentiment de douleur, qui pour chacun des convives avait des causes diverses et des profondeurs inégales, pesait sur tout le monde. Jacob n'osait pas interroger Salomé, de peur que le son de sa voix ne lui déchirât le cœur. Comme on s'était tu pendant le repas, on se tut encore après. Seul, M. de Faverges, qui ne perdait pas Jacob des yeux, essaya d'ouvrir la bouche. On ne lui répondit pas, et tout rentra dans le silence.

À six heures, Jacob se leva. C'était la dernière soirée que Rodolphe devait passer avec Salomé. On se sépara sans échanger une parole, chacun par un accord tacite ajournant au lendemain l'heure des adieux.

La chambre que Rodolphe occupait était située au premier étage, à côté de celle où Jacob avait son lit. Dans une autre partie du bâtiment, et séparées du logement du garde et de son hôte par un mur de refend, se trouvaient celles de Ruth et de Salomé. Une sorte d'anéantissement s'était emparé de Rodolphe après qu'il eut refermé la porte sur lui. Il regardait tous les objets qui l'entouraient, et il lui semblait que c'étaient autant d'amis dont il allait se séparer ; il étouffait. Par la fenêtre ouverte, Rodolphe voyait toute l'étendue du plateau ; une lune froide en éclairait la solitude ; son cœur trouvait un aliment dans la tristesse de ce paysage silencieux. Comme il écoutait vaguement les murmures de la forêt, il entendit comme un gémissement sourd qui montait dans la nuit. Le moindre bruit circule et retentit dans la sonorité de ces maisons de bois. Rodolphe tendit l'oreille, et tout son cœur se fondit. Salomé priait et pleurait à quelques pas de lui. Dans quel lieu n'eût-il pas reconnu le son de sa voix ! Il pencha la tête pour mieux entendre ces douces plaintes, qui lui disaient que tant d'amour répondait au sien. Alors une lumière, qui filtrait par les fentes de la cloison voisine, attira son attention ; il s'en approcha machinalement, et regarda par les interstices des planches. Jacob, assis devant une lampe, lisait dans sa grande bible ; il était tout habillé. La clarté de la lampe tombait en plein sur son visage. Quelquefois il remuait les lèvres, et il en sortait des paroles confuses extraites du livre saint. Les voix du père et de la fille, à demi étouffées, semblaient se répondre. La prière et la méditation invoquaient Dieu. Rodolphe cacha son front entre ses mains ; son cœur éclatait.

Le jour parut enfin. On se réunit dans la grande pièce du rez-de-chaussée. Salomé servait le déjeuner ; sa main tremblait, et l'on voyait qu'elle était près de faiblir à chaque pas. Où étaient le calme et le repos des anciens jours ? On ne toucha pas aux mets qu'elle avait préparés. L'aiguille de l'horloge s'approchait de l'heure où il faudrait se dire adieu et prendre le bâton du voyage. On en entendait les tintemens implacables, qui mesuraient lentement les minutes. M. de Faverges avait la gorge serrée. Il s'approcha de Jacob, et lui posant la main sur le bras : – Eh bien ! dit-il, avez-vous réfléchi ?... Dans une heure, il sera trop tard.

Jacob leva les yeux sur sa fille. La décomposition de ce visage adoré l'épouvanta. Que de larmes sous ces paupières rougies ! que d'angoisses dans le pli des lèvres ! quelle pâleur mortelle sur le front ! Elle n'était pas vaincue, mais quel désespoir dans sa soumission ! Le cœur du père en fut tout à coup amolli comme une cire que pénètre le feu. – Tu l'aimes donc bien ! dit-il à Salomé.

– Regardez-moi et ne le demandez plus, répondit-elle d'une voix brisée.

– Et tu es prête cependant, s'il part, à en épouser un autre ?

– Si vous l'ordonnez, je vous obéirai ; mais, si vous me laissez libre, jamais je ne serai à personne.

On devinait à l'expression du visage de Jacob quelle lutte intérieure le déchirait. Un instant il ferma les yeux et parut près de s'affaisser sur lui-même, puis, faisant un effort : – Que mes pères me pardonnent ! dit-il ; un homme a «sauvé la chair de ma chair et le sang de mon sang au péril de sa vie... Qu'il soit fait selon sa volonté !

Il prit la main de sa fille et la mit dans celle de Rodolphe. Salomé, qui avait été forte devant le désespoir, fut renversée par le bonheur. Elle poussa un cri et tomba évanouie.

Le soir même, Jacob s'enferma dans sa chambre, et, prenant la bible de ses ancêtres, il l'ouvrit au livre de Job. Il trempa une plume dans l'encre, et d'une main ferme, sur la marge blanche du premier feuillet, il écrivit ces mots : Ce jourd'hui, 27 avril 184., j'ai donné ma fille Salomé à un étranger du nom de Rodolphe. Et plus bas, de cette même écriture qu'il tenait de son père, il écrivit : Seigneur ! Seigneur ! Une larme qui grossissait lentement entre ses cils tomba sur l'encre encore humide et tacha le papier. Combien de taches semblables étaient éparses dans le livre et marquaient les étapes de cette voie douloureuse où les siens avaient marché ! Jacob les égalait par les sacrifices et par l'épreuve.

La joie remplissait la maison du garde ; seul Jacob ne pouvait surmonter une invincible tristesse. Les choses qu'il avait le plus aimées, la chasse, le travail, la méditation, le laissaient morne. On le voyait errer au fond de ses vastes forêts et ne les quitter qu'à la nuit close. Un chagrin dont il ne parlait jamais le rongeait. On le surprenait parfois les yeux arrêtés sur le portrait de son aïeul, le visage bouleversé, les lèvres crispées et tremblantes ; alors, pendant toute une soirée, la vieille bible restait fermée devant lui. Il semblait avoir fait connaissance avec le remords. Le jour où pour la première fois on publia les bans de Rodolphe et de Salomé, Jacob disparut dans la montagne. Quand il revint le soir, il avait sur le front la pâleur d'un cadavre.

Un matin, en traversant le plateau, il rencontra une longue file de chariots qui descendaient vers la plaine, conduits par deux ou trois familles d'émigrans. – Adieu, Jacob ! lui dit l'un d'eux.

Ce mot frappa le garde comme une inspiration d'en haut. – Et moi aussi je partirai, ce sera une expiation, s'écria-t-il avec la sombre exaltation que jadis avaient eue ses pères.

Sa résolution prise, rien ne l'en détourna plus. Jacob voyait dans ce voyage qui allait le séparer de sa patrie d'élection, de ses amis, de sa fille, le rachat d'une trahison dont ses ancêtres lui demanderaient compte un jour. Il se frappait lui-même et se condamnait à l'exil. Il poursuivit donc les préparatifs de son départ silencieusement, mais activement, et aux derniers jours du mois de mai on apprit que Jacob Royal allait quitter la Herrenwiese. À l'insu des siens, il s'était démis de ses fonctions de garde et avait tout préparé pour une émigration lointaine. Avec Ruth, Zacharie et deux ou trois serviteurs qui ne voulaient pas l'abandonner, il allait partir pour l'Amérique. M. de Faverges avait été le premier prévenu de ce projet. Aux- observations que lui avait présentées l'ami de Rodolphe : – Et mon serment, l'avez-vous oublié ? avait répondu Jacob ; ne l'aurais-je pas prêté, et ce serment ne me contraindrait-il pas à quitter l'Allemagne, croyez-vous que je puisse me résoudre à ne jamais entendre la voix de celui qui sera le mari de ma fille se mêler aux nôtres quand nous invoquerons le Dieu tout-puissant en famille ? Non ! non ! je pars.

Quand il fut impossible de cacher à Salomé quelle résolution extrême son père avait prise, elle fut comme en sursaut tirée d'un rêve. Son premier cri fut qu'elle partirait avec lui. Elle se jeta à ses genoux pour obtenir la permission de le suivre. Jacob la serra sur son cœur. – Il a été écrit, dit-il, que la femme abandonnerait son père et sa mère pour s'attacher à son mari. – Et il continua froidement les préparatifs de son départ.

L'heure vint où des chariots pesamment chargés sortirent de la cour. L'essieu criait sous le poids des meubles et des ustensiles de ménage. Jacob n'avait pas voulu que sa fille l'accompagnât jusqu'à Bühl, où le chemin de fer devait emporter vers Strasbourg et la France la nouvelle colonie qui allait chercher les forêts vierges du far-west. Il ne voulait pas prolonger l'agonie de la séparation. La maison, le jardin, les terres, les bestiaux, tout était vendu. Les habitants du hameau et les voisins s'étaient réunis sur la route pour assister à ce départ, qui les navrait tous. Hector bondissait autour des attelages.

Au moment de quitter cette maison qu'il ne devait plus revoir, qu'il avait embellie avec amour, où son père était mort, où il était né, où il avait toujours pensé qu'une main pieuse lui fermerait les yeux, Jacob ôta son chapeau et regarda longtemps la prairie, les chaumières, les montagnes, la forêt, le torrent. On aurait dit qu'il voulait en emporter quelque chose dans son cœur. Le ciel était clair, le printemps souriait. Tout le monde se taisait autour de Jacob. Ruth s'essuyait les yeux ; Zacharie, distrait par sa jeunesse, ne pensait qu'aux surprises du voyage et aux plaisirs du mouvement ; il embrassait Rodolphe et Salomé, courait, riait et pleurait tout à la fois. Les serviteurs assujettissaient les jougs et veillaient à ce que rien ne fût oublié.

Après qu'il eut assez contemplé la Herrenwiese, Jacob étreignit sa fille sur son cœur, et, poussant un profond soupir, donna le signal du départ. L'aiguillon piqua le flanc des bœufs, l'essieu gémit, et les lourds chariots s'ébranlèrent.

– Je te la confie, c'est le meilleur de mon sang, dit Jacob à Rodolphe en lui remettant Salomé, et, secouant la poussière de ses pieds sur le seuil de la maison, il s'éloigna le dernier. Toute la foule se découvrit.

– Dieu t'accompagne ! criait-on de tous côtés.

– Dieu vous protège ! répondit Jacob.

Bientôt après les chariots s'engagèrent dans la vallée qui descend vers Bühl. On ne les voyait plus et on entendait encore le bruit des roues. Au moment où Jacob, qui s'était retourné une dernière fois, disparut derrière un pan de la forêt, Salomé jeta un cri et voulut courir pour le rejoindre. Rodolphe, éperdu, l'entoura de ses bras. Elle s'en dégagea et tomba sur ses genoux, les mains jointes.

– Seigneur, mon Dieu ! pardonnez-moi ! s'écria-t-elle.

– Il a été écrit : « Tu suivras ton mari, » dit une voix dans la foule. Salomé se leva et suivit Rodolphe.